온전한 1인분의 삶을 꿈꾸는 이들에게

비혼이 체질입니다

온전한 1인분의 삶을 꿈꾸는 이들에게

비혼이 체질입니다

김남금 지음

이담북스

비혼주의자는 아닙니다만

올해 새해 결심은 '물건 쓰고 제자리에 두기'이다. 물건 찾는 데 시간을 많이 보내는 터라 생활 습관을 바꾸고 싶은 마음을 가득 담았다. 결과는 다들 아실 듯 작심삼일.

때때로 더 큰 목표는 노트에 쓰거나 SNS에 공개적으로 선언한다. 공개 선언은 왜 할까? 나는 목표를 향해 항해하는 선장이자 노를 젓는 선원이다. 역풍에 아무리 노를 저어도 제자리걸음일 때도 있고, 순풍에 힘들이지 않고 앞으로 나갈 때도 있다. 때로는 조류를 거슬러 올라가야 한다. 여러 가지 상황을 헤치고 목적지에 도착하려면 선장의 두둑한 배짱도 필요하지만, 돛을 밀어주는 순풍도 절대적이다. 타인의 지지와 관심은 순풍이다. 공개 선언은 어쩌면 자신의 의지와 배짱만으로 목적지에 닿기 힘겹기 때문일지 모른다.

나는 '비혼주의', '비혼주의자'로 선언한 적이 있던가? 전혀 아니다. '-주의', '-주의자'에는 결연한 의지가 들어 있어서 비혼주의라고 들으면 오히려 슬금슬금 뒷걸음질 치고 싶다. 마음먹은 대로 노를 계속 저을 수 있을까? 물속에 있는 가벼운 수초나 암초에 부딪혀도 방향을 잃지 않고 나아갈 수 있을까? 자신이 없다. 돌이켜 보면 일관성 없게 살았고, 인생의 변곡점에서 중요한 결정은 말도 안 되게 후다닥 내렸다. '삶은 불확실성의 연속이고 우연한 선택의 집합'이란 말을 추앙하면서.

'나는 오십이 되겠어, 팔십까지만 살 거야'라고 계획하고 실천하는 사람이 있을까? 살다 보면 오십이 되고, 팔십이 되고 특별한 경우를 제외하면 주어진 수명까지 산다. 굳이 결심하지 않아도 나이는 몸과 머리 구석구석에 차곡차곡 저장된다. 나이 드는 것은 뜻대로 굴러가지 않는 일에 부딪혀 마모되는 것이다. 내가 꿈꾸던 세상, 가고 싶은 세상과 다른 세상에 살며 적응하는 것이다.

물이 위에서 아래로 흐르듯이 자연스럽게 오십이 넘었고 비혼이다. '결혼은 절대 안 하겠어. 비혼주의자로 살 거야'라고 선언한 적도 없다. 그렇다고 결혼을 꼭 해야 할 숙제로 받아들이지도 않왔다. 살다 보니 자연스럽게 비혼은 내 정체성이고 생활 방식이 되었다. 이렇게 말해 놓고 고민에 빠진다. 비혼의 생활 방식을 명확하게 규정할 수 있을까? 삶은 여러 가지 요소들이 얽힌 미완성인데 명쾌하게 보여 주는 것이 과연 가능할까? 혼자 살려면 무슨 준비가 필요할까? 가장 필요한 것은 마음가짐이 아닐까? 경제 활동이나 직업 탐색, 노후 준비 등은 결혼 유무, 성별, 나이에 상관없이 모두의 고민거리다.

삶에는 규격화된 표준이 없다. 개인의 삶은 고유해서 하나의 기준으로 바라볼 수 없기 때문이다. 유튜버로 성공하는 법, 주식 투자로 성공하는 법, 건물주 되는 법, 책 쓰는 법 등에서 알려 주는 비법은 그 책을 쓴 사람에게나 잘 맞는 방법일 뿐이다. 한 사람의 '비법'이 모두의 비법이 될 수 없다. 그러면 왜 책을 읽고 다른 사람이 살아온 이야기에 귀를 기울일까? 다른 사람의 태도와 방법에서 싹을 틔울 씨앗을 찾을 수 있기 때문이 아닐까?

오십 대 비혼 여성으로 '잘 사는 법'은 나도 잘 모른다. 잘 사는 법의 기준도 사람마다 다르다. 어떤 이에게는 한강이 보이는 60평대 아파트에 살며 외제차를 몰아야 잘 사는 것이다. 또 어떤 이는 시간과 노동을 월급과 바꾸는 삶을 때려치우고 놀러 다녀야만 그럴듯한 인생이라고 믿는다. 어떤 이는 주말에 손 하나 까닥하지 않고 배달 음식 먹으며 밀린 드라마를 정주행 할 때 행복을 느낀다. 잘 사는 것은 지극히 주관적이라 한마디로 말하기 어렵다.

하지만 질문을 조금만 바꾸어 보자. '현재 삶에 만족하세요?'라고 질문받는다면 나는 주저하지 않고 고개를 끄덕일 것이다. '물건 쓰고 제자리에 두기'를 새해 결심으로 삼을 정도로 비조직적이라 내가 못마땅할 때도 많다. 청소나 세탁, 정리 정돈 등 집안일을 미루고 미루는 게으름뱅이지만, 지금까지 산 시간을 그래프로 그린다면 형편없는 게으름뱅이는 아니다.

이제 중력의 흔적이 얼굴뿐 아니라 몸에도 또렷이 자리 잡기 시작했다. 나는 겨울이면 거리에서 만나는 무채색 외투를 입은 행인 1의 모습에 가깝다고 말하고 싶다. 도드라지지도 않고 그렇다고 딱히 부족하지도 않다. 내 삶에 내가 만족하는 것과 별개로 중년 비혼 여성이라 이따금 불편한 시선을 받곤 한다. 그러면서 잘 사는 법의 기준이 생겼다. 다른 사람의 시선에 위축되지 않고 당당하게 사는 것이다. 혼자 살아서 불행한 것도 아니고 자유만 있는 것도 아니다. 대체로 만족스러운 시간을 보냈고, 비혼으로 노년을 맞이하려면 단단하면서도 유연한 마음이 필요하다. 일상을 가꾸는 기술도 필요하다. 이 책에는 무채색 외투를 입은 행인 1로서 혼자 잘 사는 법에 대한 고민이 담겨 있다.

비혼 담론이 예전보다 활발하게 전개되어 반갑다. 하지만 주로 MZ세대에 초점을 맞추며 전통적 가족 공동체 붕괴에 대한 문제로 한정되어 아쉽다. 중장년 담론도 퇴직과 양육을 끝낸 사람들의 노후 준비를 다룬다. 4050 비혼 담론은 궁핍을 전제로 어려움에 무게 중심을 둔다. 이는 자기 몫을 잘 해내는 중년 비혼의 현재와 미래가 아니다. 자기 자리에서 조용히 자기 몫을 넘치게 하는 중년 비혼도 많다.

책을 쓴 이유는 평범한 중년 비혼 이야기를 구실 삼아 '어, 나도 그런 적 있는데'라고 말하는 은둔자들과 무언의 인사를 나누고 싶어서다. 더불어 2030 비혼 꿈나무에게는 참조할 만한 삶의 풍경이면 좋겠다. 혼자 늙어 간다고 쫄 이유가 없다. 비혼 선배들의 말을 빌리면 "결혼을 안 해 봤더니 아무 일도 없다." 나도 그렇다. 당신도 그럴 수 있다.

목차

Chapter 1

비혼의
기쁨과 슬픔

비혼이 체질입니다

이십 대는 꾸미지 않아도 자체 발광한다. 이 사실을 모르는 이
십 대 지인에게 물었다.

"나 같은 중년 비혼에게 궁금한 거 있어요?"

"저는 비혼이 궁금하기보다 결혼하신 분은 결혼을 결심한 계
기, 비혼이신 분은 비혼을 선택한 계기가 궁금해요."

그의 대답은 나를 이십 대 언저리로 데리고 갔다. 비혼과 결혼
의 선을 확실하게 그은 적이 있던가. 기억을 더듬었다. 이십 대의
나는 아직 펼쳐지지 않은 커리어에 결혼이 어떤 역할을 할지 상
상했다. 수줍음 많이 타고 다른 사람과 어울리기 힘들어했던 터
라 결혼 제도가 강제하는 가족 안으로 들어갈 자신이 없었다. 당

시에는 결혼을 출산, 육아와 분리해서 생각할 수도 없었다. '아이를 낳아 기른다고?' 생각만으로 아찔했다. 이 아찔함을 흐릿하게 만드는 '콩깍지'를 못 만나기도 했지만, 결정적 순간에 이성과 감정이 힘을 겨루면 이성이 어김없이 이겼다.

만나는 사람이 좋아서 또는 때가 되어서 부모님의 권유로 결혼하는 친구들의 용기에 오히려 감탄했다. 그때나 지금이나 나는 쫄보다. 만난 지 몇 개월 만에 결혼식장으로 걸어 들어가는 친구들을 보며 그 담력에 힘껏 박수를 보냈다. 사람마다 가진 배짱의 크기가 다르고 각자 쓸 수 있는 몫도 다르다.

나는 진로 탐색에 몸과 마음을 실었다. 엉덩이를 들썩이게 만드는 일에 기웃거리고 몸으로 부딪쳤다. 경험에서만 얻을 수 있는 통찰력과 자신감 주머니를 채우는 데 욕심을 부렸다. 해가 거듭 바뀌어 현재다. 일관성 없이 우왕좌왕했던 시간을 보냈고 앞으로 어떻게 살아야 할지 고민 중이다. 나는 '진로 고민'이란 무거운 바위를 어깨에 메고 태어난 시시포스 같다. 반복해서 굴러 떨어지는 바위를 밀어 올리느라 외로움이 곁에 머물 시간이 별로 없다. 그래도 가끔 우주의 기운(?)이 어떤 메시지를 보내면 외로운 감정이 돋아난다. 익숙하지 않은 추상적 감정이고, 구체적 대상 없이 그리움에 빠질 때가 있다. 다행히 특정한 사람을 향한 것이 아니라 다른 것들로 채울 수 있다.

　나는 대체로 혼자 지내는 상태가 편하고 익숙하다. 그러니까 비혼이 체질이다. INTP로 '세상에서 가장 따뜻한 로봇'이라는 짤이 돌아다니듯이 감정에 함몰되지 않는 편이다. 미지근한 심장에 길들었다. 이 상태는 38도의 물로 채운 욕조에 몸을 담그듯이 평온하고 안락하다. 고백하자면 혼자 사는 것보다 성향과 습관이 다른 누군가와 새삼스럽게 맞추며 사는 것이 더 두렵다. 신체적, 감정적 에너지를 쏟으려면 그럴 만한 이유가 있어야 하는데 굳이 그럴 이유를 못 찾겠다. 오랫동안 혼자 살아서 잘 맞는 것인지, 혼자 사는 게 적성에 맞아서인지, 무엇이 먼저인지 모르겠다. 분명한 것은 비혼으로 사는 데 최적화되었다.

　비혼이든 결혼이든 동거든 선택하기 전에 자신에게 맞는 삶의 방식을 탐색해야 한다. 내 또래는 결혼과 비혼 선택지에서 주체적 결정권을 보장받지 못했다. 부모 세대가 가진 필터를 통해 결혼을 바라보았다. 결혼은 인생의 과제였다. 마음의 소리보다 주변의 시선에 마음이 흔들리는 경우가 많았다. 뒤숭숭한 분위기에 밀려 결혼한 후에야 적성에 안 맞는 것을 깨달았다. 취업 준비생이 마음이 다급해져 합격한 회사에 일단 입사한 후에 일이 적성에 안 맞는 것을 깨닫고 방황하듯이 말이다.

주변 분위기에 초연하기란 쉽지 않다. 친구들이 하나둘씩 결혼하기 시작했을 때 내 마음에도 서늘한 바람이 불었으니까. 같이 여행 가고 술잔을 기울이며 시시콜콜한 이야기를 나누었던 친구들이 하나둘씩 결혼 소식을 전해 오면 가슴이 철렁했다. 이제 나는 누구와 미래를 이야기하고 누구랑 술잔을 기울이나. 특히 단짝 친구가 결혼했을 때 상실감이 컸다. 호기심의 결이 비슷해서 휴일이나 연휴에 함께 시간을 보냈던 친구였다. 나와 함께 보내던 시간에 남편이 자리했다. 그 상실감을 지금도 또렷하게 기억한다. 다행인지 불행인지 석사 졸업 논문이 발등에 떨어졌고, 급한 불을 끄느라 상실감을 오래 곱씹진 못했다. 졸업 논문이 나를 괴롭히지 않았다면 우울의 터널에 갇혔을지도 모르겠다.

점수에 맞춰 대학 전공을 선택했을지라도 뜻밖에 적성에 맞는 세계로 들어간 사람도 있다. 결혼도 마찬가지다. 분위기에 휩쓸려 결혼했지만, 희로애락을 함께하는 가족 울타리에서 깊은 만족을 느끼는 사람도 많다.

글쓰기 강의에서 자신의 이야기를 담은 수강생 글을 많이 접한다. '내 인생의 명장면' 또는 '내 인생의 여행'을 주제로 삼아 글을 쓸 때, 기승전 가족 이야기로 수렴되곤 한다. 그럴 수밖에 없다. 매일 가장 많은 시간을 보내는 사람이 가족이므로 가족 이야기는 가장 쉽게 접근할 수 있는 글감이다. 부정하고 싶어도 가족은 자신의 우주라는 사실을 발견한다. 얼떨결에 결혼하고, 출산과 양육을 거치며 지지고 볶는 시간을 겪은 가족이나 배우자는 툴툴거리는 대상인 동시에 살아가는 힘의 원천이다. 한 수강생은 혼자만의 시간을 가장 행복한 기억으로 떠올렸다. 가족 여행에서 새벽에 혼자 산책했던 시간을 가장 인상적인 장면으로 꼽았다. 그렇다고 결혼 생활이 만족스럽지 않은 것은 아닐 것이다. 다만 혼자 있는 시간을 특별한 시간으로 추억하는 것이다. 반면에 결혼이 적성에 안 맞는다고 말하는 지인들도 있다. "주변에서 다 결혼하니까 결혼했지. 결혼이 이런 건 줄 알았으면 안 했을 거야. 다시 선택할 수 있다면 결혼 안 할 거야."라고 말하곤 한다.

비혼 친구들을 둘러보면 나처럼 혼자 사는 것이 체질인 친구들은 잘 산다. 비혼이라고 해서 고립된 채 사는 것이 아니다. 결혼으로 가족을 이루지 않았을 뿐 원가족의 형제자매들과 우애가 돈독하다. 한 줌의 친구들과도 깊은 우정을 이어 간다. 무엇보다 나를 비롯한 비혼 친구들은 공통점이 있다. 외로움 백신을 맞아 외로움에 면역 체질인지 혼자 시간을 보낼 때 에너지가 충전된다.

비혼으로 살려면 자신이 외로움에 취약한 사람인지 아닌지 아는 것이 먼저다. 심리학에서 외로움은 자기가 자신을 만나지 않아서 생기는 감정이라고 한다. 우리는 자신을 잘 만나는 시간이 필요하다. 혼자인 상태가 익숙하지 않아서 기댈 누군가가 필요한지 생각해 봐야 한다. K는 코로나19 초기에 강력한 거리 두기를 할 때 웃으며 농담했다. "나는 거리 두기가 체질인 것 같아. 퇴근하고 나서 저녁 먹고 자기 전에 BTS 유튜브 보면서 미소를 지으며 잠들어." K는 사무실과 집만 왕복하는 극단적인 거리 두기 생활에서도 충족감을 느꼈다.

반면에 혼자 살 체질이 아닌데 반려인을 못 만나서 혼자 산다면 삶의 만족도는 형편없을 것이다. B는 혼자 보내는 시간을 힘들어한다. 그에게 퇴근 후에 혼자 있는 시간은 바닥이 안 보이는 시커먼 밤바다 속으로 가라앉는 시간이다. 여기서 벗어나려고 점점 관계에 빠져 산다. 일주일 내내 촘촘하게 사적 약속이 있어야 안정감을 느낀다. 그러면서도 진심으로 마음을 나눌 반려인 찾기를 꺼린다. 진짜 친밀한 관계에서 요구하는 의무나 책임은 피하면서 이성을 가볍게 만나고 헤어지기를 반복한다. 가벼운 만남으로 외로움을 쫓아내려고 하지만 표면적 관계는 그의 바람과는 다르게 즐거운 추억보다는 상처를 남기곤 한다. 상처가 겹겹이 쌓여 외로움이 항상 곁에 머문다. 이는 외로움의 근원을 돌보지 않고 상처를 애써 덮으며 외면하는 탓이다.

이렇듯 사람마다 사는 모양이 다르다. 자신에게 맞는 방식이 아니라 자신이 '아는 방식'에 매몰되면 만족스러운 삶과는 점점 멀어질 것이다. 내가 원하는 회사가 아니라 모두가 원하는 회사에 입사했을 경우를 생각해 보자. 일하면서 자신과 맞지 않는 사실을 알게 되고 적응과 퇴사 사이에서 갈팡질팡한다. 매일 투덜거리며 출근하거나 뒤늦게 원하는 것을 찾아가기도 한다. 삶의 방식을 바꾸는 것은 직장을 바꾸는 것보다 훨씬 복잡하고 어렵다. 만족하지 않지만 익숙한 삶의 방식을 바꾸려면 인생에서 쓸 수 있는 에너지를 미리 끌어다 써야 한다.

안 맞는 방식에 자신을 맞추고 에너지를 고갈시키며 평생을 투덜거리면서 보내면 억울하지 않은가? 우리는 아는 방식을 사수해야 한다는 고정 관념에 묶여 있는 것은 아닐까? 여행 작가 김남희는 자신에게 맞는 삶의 방식을 결혼 후에야 찾았다고 그의 에세이 《호의는 거절하지 않습니다》에서 말한다. 그는 가부장제 결혼 제도가 요구하는 의무와 책임에 안 맞는 사람이고 혼자가 맞는 사람이었다고 밝힌다. 결국 그는 혼자 사는 자유를 선택했다. 김남희 작가처럼 이미 선택한 방식이 안 맞으면 다른 방식을 선택할 수도 있다. 어떤 선택이든 그에 따르는 책임은 선택한 사람의 몫으로 남는다.

완전한 삶은 없다. SNS에는 나 빼고 다 즐겁고 행복해 보이지만, 가까이서 보면 즐겁기만 한 삶은 없다. 어떤 삶이든 음영이 있다. 결혼과 비혼을 저울에 올려 두고 행복을 저울질할 수 없다. 성별의 문제도 아니고 옳고 그름의 문제는 더욱 아니다. 개인의 성향에 따라 삶의 방식도 달라져야 한다. 어떤 삶이든 극단만 있는 삶은 없다.

보호자 없으세요?

밤에 자다가 흉통으로 숨쉬기 곤란했던 적이 있다. 자고 있던 동생을 깨워서 집 근처 병원 응급실로 갔다. 의사는 심전도, 엑스레이 등 내가 봐도 도움 안 될 것 같은 몇 가지 검사를 하고, 수액을 놓은 후 이틀 뒤에 외래로 다시 오라고 했다. 한밤중의 소동 후 흉통은 사라졌지만, 물만 넘겨도 식도에 모래 알갱이가 있는 것처럼 이물감이 느껴졌다. 이틀을 보내고 병원에 갔더니 탈수증이 심해서 즉시 입원하라는 말을 들었다. 갑자기 입원이라니, 어리둥절했다. 입원 수속을 하려고 원무과에 갔으나 직원에게서 예상치 못한 말을 들었다.

"보호자가 없으면 입원하실 수 없습니다. 보호자에게 연락해서 오시라고 하세요."

"제가 의식이 없는 것도 아니고, 병원비 결제할 사람도 저인데 왜 보호자가 필요하죠?"

원무과 직원은 "규정상 보호자가 없으면 입원할 수 없습니다." 란 말만 되풀이했다. 나는 비논리적 규정을 받아들이지 못하고 직원과 실랑이를 벌였다. 결국 조건부 타협을 얻어냈다. 일단 입원하고 보호자가 오면 서류에 사인하라고. 병실을 배정받은 후 집에 계신 엄마에게 전화했다.

"엄마, 입원해야 하는데 보호자가 있어야 할 수 있대. 슬리퍼와 수건, 칫솔 좀 챙겨서 병원에 오셨다 가셔야 할 거 같아요."

엄마는 입원이란 말에 놀라셔서 급히 병원에 오셨다. 그 사이에 환자복으로 갈아입은 나는 영락없이 환자였다. 엄마를 모시고 원무과에 갔다. 나에게도 보호자가 있다는 사실을 원무과 직원에게 확인받은 후 서류의 보호자 사인 칸에 내가 사인했다. 엄마는 그저 원무과 직원에게 얼굴을 보여 줬을 뿐이다. 병원에 오시는 동안 가슴이 쿵쾅거렸을 엄마에게 미안했다.

다음 날 몇 가지 검사가 예정되었지만, 검사실 밖 벤치에 엄마가 앉아 계실 이유가 없었다. 엄마가 곁에 계셔도 할 일이 없으니

복작이는 간이 입원실에 엄마가 계신 것도 불편했다. 엄마를 집에 보내 드렸다. 다음 날 아침 회진 시간에 주치의와 레지던트들에게 들은 말은 "보호자는요?"였다. 그때마다 나는 "보호자가 있어야 하나요?" 반문했다.

오전부터 검사가 시작되었다. 검사실 간호사들과 선생님들은 나를 보자마자 한결같은 질문을 했다. "보호자 없으세요?" 그러면 나는 "보호자가 있어야 하나요?" 하곤 되물었다. 돌아온 대답은 일관되게 "아니요."였다. 아, 내 보호자는 나란 말이다! 이 사실을 어떻게 설득해야 하나…….

한번은 까닭 모를 위통 때문에 수면 위내시경과 위산도를 측정하는 검사를 해야 했다. 병원에서는 역시나 보호자와 함께 와야 한다고 했다. 이번에도 엄마를 빌려야 했다. 팔순인 엄마의 등은 잔뜩 굽었다. 젊음의 흔적은 손톱만큼도 남아 있지 않았다. 연세에 비해 키가 큰 편이었는데 키도 많이 줄었다. 세월의 풍화 작용으로 어깨는 자그맣고, 눈도 어두우시다. 무슨 일이 생기면 어쩔 줄 몰라 목소리에 겁이 잔뜩 들어간다. 내 보호자 역할을 하시기 버거워 보인다. 그런데도 간호사에게 보호자로 얼굴을 보여 주고 대기실 의자에 앉아 계셨다. 돌발 상황이 생기면 허둥대는 엄마, 이제는 내가 지켜 줘야 하는데 말이다.

보호자는 '어떤 사람을 보호하고 책임질 사람'이란 뜻이다. 오십이 넘은 사람을, 나 아닌 누가 보호하고 책임진단 말인가? 특히 비혼에게 보호자는 나 자신이다. 수면 내시경 할 때 보호자가 직계 가족이 아니라 친구여도 된다고 했다. 하지만 검사 하나 받는데 친구에게 보호자가 되어 달라고 요청하기란 쉽지 않다. 모두 자신의 일상으로 정신없는 시간일 텐데. 부탁하면 와 줄 친구가 없진 않지만, 이 카드는 더 긴급한 상황을 위해 아껴 두어야 한다. 단순한 검사에 빼서 쓸 카드가 아니다. 이럴 때 선뜻 병원에 같이 가 줄 수 있는 한 사람이 있으면 좋겠다. 하지만 환상이 아닐까?

흑심(?)을 품고 연애를 한 적이 있다. 청년기의 데이트에서는 재미가 커다란 몫을 차지했다. 일부러 프로그램도 짜고 맛집을 가거나 핫플에 갈 계획을 세웠다. 중년이 꿈꾸는 연애는 전혀 다르다. 웃프지만 병원에 엄마 대신 손잡고 갈 수 있는 사람이 있었으면 했다. 이 바람은 환상이었다.

2016년 1월 설 연휴 마지막 날, 보행자 신호가 깜박였고 횡단

보도를 급하게 건널 때였다. 우회전 차량이 내 발등을 밟고 지나가면서 나는 길바닥에 쓰러졌다. 양 발가락뼈가 으스러졌고 오른쪽 발목 인대가 파열되었다. 이튿날 두 발을 수술하고 양쪽 발에 통깁스를 한 신세가 되었다. 수술 다음 날 사고 소식을 들은 친구들은 응원의 메시지를 보내왔고, 시간 날 때 보러 왔다.

　나는 남자 친구와의 관계에 로망을 품었다. 남자 친구는 오랜 시간 만난 친구들과는 달라야 한다고 생각했고, 정말 달랐다. 다른 의미에서. 그는 병원에 입원한 날에 전화로 수술 소식을 듣고 수술 잘하라는 말을 남겼다. 그럴 수 있다고 나를 다독였다. 수술 다음 날이었다. 전화도 아니고 카톡으로 일주일 후에나 보러 올 수 있다고 했다. '바쁘면 안 와도 되는데 여자 친구가 수술하고 누워 있는데 궁금하지 않은 게 섭섭해.'하고 메시지를 남겼다. 이 연애는 내가 꿈꾸는 연애가 아니었다. 나는 아플 때 서로 위로가 되고 도움을 주는 관계를 원했다. 좋을 때만 만나서 웃는 관계는 사랑이 아니었다. 이렇게 거리 두는 관계를 위해 내 감정 에너지를 쓰고 싶지 않았다. 겉으로는 괜찮다고 했지만 감정의 찌꺼기가 마음속에 둥둥 떠다녔다.

　내가 입원한 병실에 척추 관련 시술을 받은 여성 환자가 입원했다. 토요일 오전에 시술받고 월요일 오전에 퇴원하는 환자였다. 2차 병원이라 다행히 보호자 없이도 입원할 수 있었다. 2박 3일 동안 침대 사방으로 커튼을 치고 자신의 침상만 지켰다. 딱히 어디에 알릴 데 없는 혼자 사는 사람이라고 추측했다. 퇴원하는 월요일 아침, 그가 전화를 받으며 분통을 터트렸다. "너는 와이프가 죽어도 친구들이 중요하지!" 그러니까 나와 상황은 다르지만, 그는 어쨌든 자신이 보호자였어야 했다.

보호자란 어떤 사람일까? 특히 병원에서 말하는 보호자란 누구일까? 의료 사고가 나도 병원에 책임을 묻지 않겠다고 서류에 서명하는 사람? 나는 혼자 '잘' 살고 있다. 경제 활동도 하고, 좋아하는 소소한 일로 시간을 보낸다. 비혼 친구들과 느슨한 연대도 있다. 미래를 대비해 이런저런 궁리를 하고, 미래 설계도 혼자 결정하는 편이다. 부족한 게 많아도 내 앞에 닥친 일을 그럭저럭 혼자 해낸다. 평소에는 보호자의 'ㅂ' 자도 안 아쉬운데 병원에만 가면 보호자 타령을 해 대는 바람에 크게 결핍된 사람이 되곤 한다. 이럴 때마다 마음이 쭈그러들어서 노화하는 육체에 겁을 먹는다.

미래가 불안한 청년, 양육과 가사 노동 부담으로 스트레스받는 여성 담론은 활발한데 상대적으로 비혼, 특히 중년 비혼 여성이 겪는 어려움은 사회 담론에서 여전히 배제되어 있다. 중년 비혼 여성도 밥벌이 걱정뿐 아니라 늘어나는 기대 수명을 살아 내는 게 버겁다. 집에서는 부모님이 늙어 가시는 터라 병원에 보호자로 따라갈 일이 잦다. 부친은 귀가 어두워서 첫 진료나 중요한 결정을 할 때는 모시고 가야 한다. 특정한 지병이 없어도 팔순이 넘으면 안과, 치과, 정형외과, 한의원 등 병원에 드나드는 것이 일상이 된다. 결혼해서 출가한 형제들은 자신이 꾸린 가족사로 정신없다. 늙은 부모를 챙기는 일은 자연스럽게 비혼의 몫으로 돌아온다.

내가 우리 부모님 나이가 되면 어쩌지? 의사나 간호사 말을 못 알아들으면 누가 옆에서 다시 설명해 주지? 가족이나 친구가 아니라 시스템이 해 주길 바란다. 비혼 친구들과 웃으며 하는 말이 있다. 간병인이 최고라고. 두 달 동안 입원했을 때 내 손과 발이 되어 준 사람은 간병인이었다. 일방적 보살핌으로 부채 의식에 시달릴 필요가 없었다. 불편한 점을 편하게 말하고 필요한 것을 요청했다. 하지만 비용이 만만치 않았다. 더 나이 들면 지금처럼 경제 활동을 할 수 없을 테니 비용을 감당하지 못할 것이다. 자식이 없어도, 배우자가 없어도, 친구가 없어도 돈 걱정하지 않고 마음 편히 돌봄을 받을 수 있기를 꿈꾼다.

병원에 동행만 해 주는 간병 제도가 간절했다. 지난해 1인 가구 병원 동행 서비스가 시행 중이라는 반가운 뉴스를 보았다. 서비스 시행 초기 단계이고, 노인 인구가 늘어나서 비용이 많이 드는 제도라 잘 자리 잡을 수 있을지 모르겠다. 이런 제도는 꼭 필요한 제도이니 없어지지 않았으면 좋겠다. 쇠락하는 육체에 대한 두려움과 돌봄 부재 불안에서 해방될 수 있기를 꿈꾼다.

어머님도 사모님도 아닙니다

은행에 갔을 때였다. 삼십대로 보이는 직원이 나를 계속 '사모님'으로 불렀다. 직원은 사모님이란 단어에 고객에 대한 존중하는 마음을 담았다고 생각할 것이다. 모르는 바 아니지만, '내가 왜 사모님인가요?'라고 묻고 싶었다. 목까지 올라오는 말을 꿀꺽 삼켰다. 볼일 보고 나와서 잠깐 생각했다. 이런 개선 사항은 은행 본사에 문의해야 하나. '나이 든 여성 고객에게 사모님이라고 부르는 대신 고객님이란 호칭을 사용하도록 교육하시겠어요?'라고 말이다.

몇 년 전 다녔던 요가원에서 강사는 다정하게 말끝마다 '어머님'이라고 붙였다. 마치 연인에게 '자기'라고 부르는 것처럼. "일찍 오셨네요, 어머님." "지난번에는 왜 안 오셨어요, 어머님?" 어머님이란 호칭에 다정함을 담는 것도 불편했지만, 정정하기도 불편했다. 하루는 어머님이라는 말에 불쑥 "저 어머니 아니에요"라고 말해 버렸다. 강사는 뜻밖의 내 말에 당황해서 아무 말도 하지 못했다. 내가 어머님이 아닌 것을 밝힌 후 강사는 나를 회원님이라고 불렀고 사근사근한 말투도 거두어 갔다.

어머님이라고 처음 불렸을 때 "저 어머님 아니에요."라고 또박또박 말해서 상대를 놀라게 하기도 했다. 하지만 매번 호칭에 반론을 제기할 수 없는 노릇이다. 공공기관 같은 일회성 방문지에서는 이제 그냥 어머님이나 사모님이 되는 게 편하다. 규칙적으로 가는 요가원 같은 곳에서도 이제는 비혼이라고 내 정체성을 밝히지 않는다. 매번 비혼이라고 '정정'하는데도 열정과 에너지가 들기 때문이다. 그러다 보니 내 의지와 무관하게 어머님이나 사모님으로 살고 있다. 해가 바뀔수록 내 정체성을 타인에게 강요받곤 한다.

친근함과 다정함을 표현하거나 존중을 담은 마음이 왜 어머님이나 사모님이라는 호칭에 담긴 걸까? 한국 사회에서 졸업, 취직, 결혼, 출산 생애주기에 모범 답안이 있는 탓이다. 이 주기에서 벗어나는 사람이 점점 늘어나고 있지만 모범 답안은 여전히 힘이 세다. 일정한 나이가 되면 결혼해서 아이가 있을 거라는 대전제는 곳곳에 살아 있다. 비혼도 있고, 결혼했어도 아이가 없을 수 있다. 모든 사람이 똑같은 인생 주기를 따르지 않는다. 먼저 결혼했는지, 아이가 있는지를 물어야 하는 것 아닌가.

집 리모델링 때문에 한 업체 인테리어 디자이너와 만난 적이 있다. 상담하면서 내가 생각했던 예산보다 비용이 초과하자 디자이너는 "비용이 더 필요하니 아저씨한테 더 달라고 하세요."라고 말했다. '아저씨라뇨? 비용은 내가 낼 건데'라고 속으로 말했다. 이 업체와 계약을 할지 결정하지 못한 상태라 내 정체(?)를 밝히지 않았다. 이 업체 이외에 다른 업체 직원과 상담할 때도 비슷했다. "아이들 방에도 붙박이장 하실 건가요?" 그러면 나는 "아이들 없어요."라고 대답했다. 4군데 인테리어 업체와 상담했는데 그때마다 나는 주부이고, 아내이고, 엄마여야 했다.

나이 든 여성을 어머님이나 사모님으로 부르는 약속은 개인이 정한 것이 아니다. 말에는 그 사회가 추구하는 가치가 들어 있다. 사회적으로 합의한 의식과 문화가 스며 있기 마련이다. 중년 여자는 어머님이나 사모님이라는 사회적 등식은 우리의 사고와 언어를 지배한다. 정해진 생애 주기를 따라야 한다는 보이지 않는 거대한 압력을 에둘러 말하는 셈이다. 가족 형태가 다양해지고 있지만, 우리는 여전히 이성애를 기반으로 하는 '정상 가족 신화' 울타리에서 벗어나지 못했다. 비혼도 있고, 동거하는 커플도 있고, 동성 커플도 있고, 이혼이나 사별 등의 이유로 1인 가정도 있는데 말이다.

비혼이나 이혼 또는 사별로 혼자가 되면 가정으로 받아들이지 않고 '1인 가구'로 부른다. 2인은 가정이라고 부르지만 '1인 가정'이라는 말을 들어본 적 있는가? 가구와 가정을 구별하는 말은 홀로 사는 것이 그 자체로 온전한 삶이라는 사실을 부정하는 것처럼 들린다. 일상 언어에서 구별 짓는 언어를 계속 쓰는 한 정상 가족에 대한 모범 답안이 계속 힘을 발휘할 것이다. 이 힘이 이어지는 한 나는 계속 어머니가 되길 강요받아 '가짜 어머니'로 살아야 할 것이다.

나에게 '어머니'라는 말은 '당신 연봉은 얼마인가요?'란 말과 같은 무게다. 선의에서 나오는 순진한 무례함 속에 던져질 때마다 정답이 아니라고 지적받는 것 같다. 나이 든 여성에게 어머니라고 부르는 것이 친절함과 다정함의 표현이라는 낡은 생각이 사라지는 날이 오기를.

축의금 대신 책값 받아요

"책 냈다며?"

가끔 생존을 전하는 H로부터 연락이 왔다. 카톡 프로필 사진에 책 앞표지를 걸고 '책 출간했어요!'를 상태 메시지로 쓴 직후였다. 모든 카톡 친구에게 첫 책 출간 소식을 알린 셈이다. 연락이 뜸했던 몇몇 지인들로부터 카톡 메시지를 받거나 전화를 받았다. 전혀 예상하지 못했던 일이다. B는 통 크게 10권을 주문하고 인증 사진을 보내왔다.

"이게 다 빚인데 언제 갚아."

"나 결혼할 때 축의금 많이 내."

"당연하지! 먼저 결혼이나 하셔!"

우리는 안다. 결혼 축의금이 아니라 술값으로 빚을 갚을 거라는 것을.

뜻밖이었다. 책을 출간했더니 친구들과 지인들 사이에서 갑자기 주인공이 되었다. 연락이 뜸했던 지인들까지 설렌다는 메시지를 보내오고, 책을 주문하고 홍보 대사를 자처하기도 했다. 예약 판매를 시작한 이틀 동안 나는 화제의 중심에 있었다. 기분이 나쁘지 않았다. 아니, 좋았다.

나는 지인들의 인생 이벤트에서 들러리로 익숙하다. 어릴 때는 결혼식, 집들이, 출산, 돌잔치를, 조금 더 나이 들어서는 친구 아이들의 입학 선물, 졸업 선물 등을 챙겼다. 가까운 친구들이 가정을 이루면 나는 그들의 인생 이벤트에 축의금으로 마음을 전했다. 나는 계속 혼자인데 가정을 이룬 친구들은 시간이 흐르면서 3인 이상의 세트가 되었다. 챙길 일이 적어도 두 배라는 말이다. 한때 '돌려받지도 못할 이 많은 축의금을 왜 내는 거야'라는 심통 맞은 생각도 했다. 지금은 연락도 안 하는 안면만 있는 직장 동료들까지 합하면 들러리로 쓴 시간과 돈은 적지 않다. 단순히 축의금이 아깝다기보다 무대 밖에서 계속 박수만 치는 관객 역할에 나도 모르게 풀이 죽었는지 모르겠다.

행사 주최자는 그날의 주인공이다. 보통 사람이 스포트라이트를 받으며 자신의 이야기를 하는 날은 정해져 있다. 결혼식, 집들이에 가면 커플이 만나서 결혼 결심까지 이어지는 연애담이 단골 메뉴다. 말하자면 자신의 쇼에 호스트가 될 테니 초대장을 보내는 식이다. 그러면 우리는 기꺼이 시간을 내서 참석하고 흥이 난 호스트의 이야기에 귀를 기울인다. 사람은 사회적 동물이고, 마음은 돈으로 환산할 수 없다. 가까운 친구의 뜻깊은 이벤트를 곁에서 지켜보는 것은 나에게도 추억이다.

비혼의 삶은 단출하다. 혼자 살면서 호스트가 되어 볼 이벤트가 있을까? 학교를 졸업하고 취업하면 끝이다. 승진이 있으려나? 하지만 승진했다고 식을 여는 초대장을 보내지 않는다. 나이 들면서 연락할 일이 점점 줄어들고 해를 거듭할수록 만나는 사람만 만나게 된다. 일로 만나는 사람 외에 사적으로는 비혼 또는 비혼의 마음을 지닌 기혼자들을 주로 만난다. 안면만 있거나 가끔 안부를 전하는 관계 한가운데서 스포트라이트를 받을 일은 거의 없다. 오십 대가 되면 더더욱 공식 행사는 없다.

‘축하 문화’에서 소외된 것을 인식한 사람들은 셀프 이벤트를 열기도 한다. 풀 메이크업하고, 프로필 사진도 찍고, 호캉스를 가곤 한다. 축하 ‘구실’을 적극적으로 기획한다. 나는 덤덤한 성정이라 셀프 이벤트를 여는 것이 내키지 않는다. 나를 위한 일이라면 틈날 때마다 여행을 떠나는 것이었다. 여행은 미묘한 주제여서 공개적으로 말하기 주저될 때가 많다. 여행하려면 시간과 비용이 절대적이라 듣는 상대에게 소외감을 줄 수 있는 탓이다. 물리적, 심리적 여유에 공개적으로 귀 기울여 줄 사람이 그리 많지 않다. 이 ‘여유’는 만들기 나름이고, 꼭 만들어야 하는 것임에도 말이다.

책을 출간한 후 축하 인사를 넘치게 받았다. 결혼식 청첩장을 돌릴 때 이런 기분이 아닐까? 책이 나오기도 전에 예약 주문한 천사 같은 지인들. 하지만 빚진 사람처럼 마음이 편하지만은 않았다. 나는 자기 합리화의 귀재다. 편해질 궁리를 했다. ‘그래, 축의금 대신 책값을 받는 거야.’ 축의금의 기원은 품앗이 개념이다. 축의금이 예식 비용에 보탬이 되는 것처럼 책값 역시 내게 오지 않는다. 저자 인세는 새의 눈물만큼이지만, 내가 쓴 책이 사람들의 응원으로 스포트라이트를 받는다.

오래전에 친구가 첫 아이를 낳고 했던 말이 떠올랐다.

"누군가 아이를 칭찬하면 내가 칭찬받는 것처럼 기뻐. 아이 낳기 전에는 잘 몰랐던 감정이야."

자식 농사 vs. 자식 리스크

'자식 농사 잘 지었다'는 말을 듣고 어깨가 올라가지 않는 부모는 없을 것이다. 우리 부모님 세대의 정신을 담은 말이라 내 세대에는 죽은 말이라고 여겼다. 얼마 전 지인에게서 뜻밖의 말을 들었다.

"내가 너라면, 두 딸이 있어서 부럽다고 말했을 거야."

혼자 두 딸을 키우느라 영혼을 갈아 넣은 시간을 인정받고 싶은 마음에서 한 말이었을 것이다. 그 순간 지인의 마음을 미처 읽지 못해서 미안했다. 고백하자면 딸들이 있어서 부럽기보다 두 딸에게 인생을 송두리째 갈아 넣어서 안쓰러웠다. 지인이 섭섭한 마음을 내비쳤을 때 나는 눈만 끔뻑거렸다. 전혀 예상치 못한 말이었다. '자식 농사 잘 지었다'라는 말은 내 세대에서도 무시할 수 없는 말이었다.

‘농사’란 말에는 ‘수확’에 대한 기대감이 들어 있다. 그래서 자식 농사 잘 지었다는 말이 부모에게 다른 것과 비교할 수 없는 성취감을 줄 수 있는 게 아닐까. 자식을 낳아 키워 보지는 않았지만, 자식을 키우면서 기쁨과 보람만 가득하지는 않을 것이다. 내 경우만 보아도 부모님에게 내가 언제나 보람이고 기쁨일 리 없다. 어릴 때는 허약한 데다 까탈스럽기까지 해서 키우기 힘들어하셨다. 성장기에 병치레가 잦아 부모님의 고민 1순위였다. 중년이 되어서는 고집으로 무장해서 부모님 말씀에 사사건건 대항한다. 부모님은 내가 못마땅하실 것이다. 그럼에도 부모의 머리와 마음을 지배하는 0순위는 자식이다.

　농사 잘 지었다는 말에는 ‘어려운 일도 잘 겪어 냈군요’와 같은 격려와 응원이 담겨 있다. 더불어 자식에게 지분이 어느 정도 있다는 오랜 관습도 슬쩍 엿볼 수 있다. 경제적 의미만이 아니라 심리적 의미에서도 말이다. 하지만 이 관습은 점점 힘을 잃어 가고 있다. 자식 농사라는 말 대신에 ‘자식 리스크’란 말이 나올 정도다. 친구들은 자식이 독립할 때까지 성심껏 부양하면서 다른 한편으로 퇴직 후 노후 준비를 걱정한다.

2020년에 조정진 작가의 자전 에세이 《임계장 이야기》가 출간되었을 때 화제였다. '임계장'은 직급이 아니라 '임시 계약직 노인장'을 줄여서 부르는 말로 '63세 임시 계약직 노인장의 노동 일지'라는 부제를 달고 있다. 이 책은 38년간 공기업에 다닌 저자가 퇴직 후 생계를 위해 고속버스 배차원, 아파트 경비원, 건물 경비원 등으로 일하면서 쓴 노동 일지다. 일터에서 벌어지는 상세하고 재밌으면서도 억장이 무너질 정도로 고된 노동에 시달리는 저자의 극한 노동 경험기다. 동시에 퇴직 후 경제적으로 절박한 처지에 놓인 장년의 노동력을 착취하는 사회적 구조를 다룬 책이자 노동보호법 사각지대에 놓인 임시 노무직을 대변한 외침이다.

　　수명이 길어져 장년은 노동 시장에서 현역으로 일할 정도로 건강하지만 마땅한 일자리가 없어서 잉여 노동력이 되어 버린다. 그러다 보니 젊은이들이 피하는 궂은일을 떠맡는다. 책을 읽으면서 한 가지 의문이 들었다. 저자가 38년간 공기업에 근무했다는 건 연봉이 많든 적든 안정적 직업군에 속했다는 말이다. 그런데 왜 저자는 노후 준비가 전혀 안 된 채 강도 높은 육체노동에 내몰린 '임계장'이 되었을까? 그의 속사정은 이렇다. 퇴직금을 중간 정산해서 집을 사는 데 보냈고, 모은 돈과 퇴직금은 딸 결혼 비용으로 썼다. 퇴직 후에도 여전히 집 대출금이 남았다. 아직 학생인 아들의 학자금 대출도 그의 몫으로 남겨졌다. 평생 성실하게 일했지만, 자식 뒷바라지하느라 자신을 위한 노후 준비를 하나도 할 수 없었다. 흙수저라고 자조하는 우리 아버지의 초상이고, 우리의 초상이다.

그에게 남겨진 것은 여전히 갚아야 할 부채와 고된 노동이었다. 자식 부양의 짐을 이 책에서 다루지 않은 것은 열심히 살았는데도 생계 걱정에 내몰린 불공평한 사회 구조를 돌아보고자 했기 때문이다. 평생 등골이 휘게 일해도 대출 없이 집 장만하기 어렵고, 빚 안 지고 자식 키우기 힘든 구조적 문제점을 화두로 삼았다.

한 가지 질문이 슬그머니 고개를 들었다. 그가 자식 부양 책임을 조금만 내려놓았더라면 어땠을까? 모은 돈을 딸의 결혼 비용에 안 쓰고 노후 준비에 썼더라면, 학자금 대출금은 아들에게 취업 후에 갚으라고 했다면 어땠을까? 극한 조건의 노동 시장에서 거리를 둘 수 있지 않았을까? 시대가 변해서 청년의 경제적 독립 시기가 늦어졌다. 공부하는 시간도, 취업 준비 기간도 길어졌다. 부모가 감당해야 할 부양 의무 기간은 길어질 수밖에 없다. 육체적으로는 아직 건강해서 경제 활동을 할 수 있지만 일할 수 있는 영역이 한정되어 있다. 전문직이 아니라면 우리 모두의 고민이다. 이런 상황에 집안에 아픈 사람이라도 있다면 생활고는 더 심해질 것이다. 가족은 분명히 힘이 되기도 하지만 때로는 짐이 되는 것을 부정할 수 없다.

자식 농사와 모순되는 말이 있다. '무자식 상팔자'. 요즘 말로 '자식 리스크에서 자유롭다'는 말이다. 비혼이 누리는 가장 큰 장점은 자식 리스크가 없는 것이다. 혼자 잘 먹고 잘 살면 그만이다. 수입이 적으면 적게 쓰면 된다. 지출을 절제하는 것이 유쾌하지는 않지만 홀몸이라면 얼마든지 가능하다.

수입이 넉넉하면 온전히 나를 위해 쓸 수 있다. 배우고 싶은 것이 있다면 수업료 때문에 망설이지 않으니 자기 계발을 꾸준히 할 수 있다. 자식을 부양하는 사람에 비해 상대적으로 시간적, 물질적, 심리적 여유가 있다. 연봉이 상대적으로 높아서 자식 뒷바라지, 노후 준비 걱정이 없는 사람과 비교한다면 큰 자유가 아닐 수 있겠지만, 모든 것은 상대적이다. 비혼이라 1년에 한두 번씩 해외여행을 다니는 자유를 누릴 수 있었다. 자식이 있다면 경제적 여유가 있어도 자식을 챙기느라 한두 주씩 집을 비우는 여유를 지니기 힘들었을 것이다.

비혼은 노인이 되어서도 혼자 살 거란 뜻이다. 이 생각이 늘 머릿속 한구석을 차지하고 있다. 혼자라서 어쩌면 노후 준비에 더 힘을 쓸 수 있다. 혼자 노년을 보내기 위한 이런저런 장치에 적극적으로 관심을 쏟는다. 아플 때를 대비해서 보험은 필수이고, 일을 그만두었을 때 먹고 살 장치를 궁리한다. 혼자 살아도 더불어 사는 것이므로 정서적 안전장치에도 관심을 쏟는다.

아직 다가오지 않은 미래에 대한 지나친 상상은 불안을 가져온다. 하지만 상상력이 없으면 노후 준비를 안 할 것이다. 자식을 부양할 때는 자신의 미래보다 자식의 미래에 더 상상력을 발휘해서 자식의 미래를 준비하는 데 시간과 돈을 쓴다. 부양 의무에 집중하다 보면 정작 노후 대책 없이 노년을 맞이하기 쉽다. 비혼이라서 할 수 있는 것이 노후 준비인지도 모르겠다. 나는 자식의 미래가 아니라 나의 미래를 상상하니까. 가장 바람직한 것은 기혼이든 비혼이든 상관없이 '노인을 위한 나라'에 사는 것이지만 말이다.

비혼 꿈나무를 만나다

독립 잡지 〈언니네 마당〉을 만들 때 한 여성 단체가 주최한 행사에 참여한 적이 있다. 여러 가지 '탈코르셋' 행사가 열렸는데, 무용해서 존재할 가치 없는 것으로 설움 받는 겨드랑이 털을 자랑하는 대회와 여성을 옥죄는 브래지어를 벗어서 걸어 두는 상징적 의식도 있었다. 행사 드레스 코드는 달거리를 상징하는 붉은색이었다. 10년도 넘게 옷장에 갇혀 있던 빨간 반바지를 꺼내 입고 행사장에 갔다. 나는 탈코르셋 행사에 진심으로 섞이지 못한 채 잡지 부스를 지키며 기발한 아이디어로 적극적인 언니들을 지켜보았다.

〈언니네 마당〉 독립 잡지는 뷰티와 육아라는 여성 잡지의 공식을 버리고 '평범한 언니들의 특별한 내면 이야기'를 다루었다. 유명인도 안 나오고 생활 정보도 없는 잡지라 독자의 시선을 끌기 어려워서 직접 발로 뛰며 알려야 했다. 이런저런 행사에 참여해서 잡지 얼굴을 비췄던 터라 잡지 부스에 오는 한 줌의 사람도 고마웠다. 〈언니네 마당〉을 전혀 모르는 한 여성이 다가왔다. 지나가다 들렀다며 행사에 대해 이것저것 물었다. 묻는 것에 답하며 나는 잡지 취지를 말했다. 3050이 주요 독자층이고, 가부장적 결혼 제도에 속하지 않는 삶에 대해 맥락 없이 이야기를 나누었다. 막 서른을 넘긴 그는 개인주의 성향이 강해서 비혼주의자로 살고 싶다고 말했다. 혼인 서약으로 가족에 얽매이는 결혼은 자신에게 안 맞는 옷 같다는 이른 결론을 내린 상태였다. 그 바람에 내가 비혼인 것을 밝혔다. 그는 반색했다. 우리는 '비혼' 키워드로 초단 시간에 내적 친밀감이 생겼다. 그는 나처럼 나이 많은 비혼을 주변에서 본 적이 없다고 했다.

"4050 비혼은 어떻게 사는지 궁금했지만 제 주변에는 없거든요. 나이 들어서도 혼자 잘 사는 사람을 만나서 반가워요. 사진 좀 찍어도 될까요?"

뜻밖의 부탁이었다. 자신의 결심이 흔들릴 때마다 내 사진을 보면서 위안을 얻고 싶다는 뜻을 밝혔다. 나는 그 요청을 거절하지 못했고, 그가 들어 올린 휴대 전화 카메라를 응시하며 어색하게 웃었다. 그는 미소 지으며 휴대 전화 속에 내 사진을 저장한 채 총총 사라졌다.

　그는 고작 서른을 넘겼을 뿐이라 아직 여러 가지 가능성이 무궁무진한, 연애하기 딱 좋은 나이다. 누군가를 만나고 헤어지기를 반복하며 슬퍼해도 여유로운 삼십 대다. 비혼의 문턱에서 아직 저만치 떨어져 있지만 서른 살에는 이 사실을 모르는 저주에 걸린다. 나도 삼십 대가 지나고 나서 알았으니까.

　이제 얼굴도 기억 안 나는 '비혼 꿈나무'를 가끔 생각하곤 한다. 그는 지금 자신의 바람대로 살고 있을까? 결심한 대로 비혼의 길로 뚜벅뚜벅 걸어가고 있을까? 아니면 그 사이에 헤어지기 싫은 사람을 만나 가정을 이루었을까? 아직 내 사진이 휴대 전화에 남아 위안을 주고 있을까? 아무것도 알 수 없지만 한 가지만은 분명하다. 비슷한 고민을 하는 동시대 사람이 어딘가에 살고 있다는 생각만으로 위안이 될 수 있다. 연락을 주고받거나 만나지 않더라도 세상에 혼자가 아니라는 막연한 믿음만으로도 든든할 때가 있는 법이다.

비운 밥그릇이 쌓인 만큼 여러 가지 경험도 같이 쌓였다. 사적 여정에서도, 공적 사회생활에서도 경험은 독특한 개성으로 발현된다. 개성은 라이프 스타일도 지배한다. 활달하고 적극적인 사람들은 혼자 살수록 연대가 필요하다고 목소리를 높인다. 하지만 중년까지 비혼으로 살았다면 바깥쪽에 가만히 서 있는 게 편하다. 스트레스 상황이나 곤란한 상황에 빠질 때 다른 사람에게 도움의 손길을 빌리기도 주저한다. 무엇이 되었든 혼자 해결책을 찾으며 헤매는 것이 익숙한 탓이다. 실제로 시간이 답인 경우도 많다. 다만 그 시간을 무엇을, 어떻게, 누구와 보낼지 고민스럽다. 밀린 드라마를 정주행하거나 각종 리얼리티 쇼에 주말을 바치거나 집 근처 공원으로 산책을 다녀오거나 집에서 혼맥을 홀짝거릴지 친구들과 흥청망청할지 고민하는 것처럼 말이다.

진짜 어려움은 사실 아무도 도와줄 수 없다. 사십 대가 되면 피해 갈 수 없는 고민이 생긴다. 전문직이 아니라면 슬슬 직장을 떠나 제2의 직업을 찾아야 할 것 같은 분위기에 놓인다. 당장 그만두고 싶어도 매달 고정 지출이 있는 터라 경제적 어려움에 빠질 게 불 보듯 뻔한 일인데도 말이다. 영혼 없이 지금 다니고 있는 직장에 남을지, 이직을 할 것인지는 그 누구도 대신해 줄 수 있는 고민이 아니다.

아무리 소극적이고 내향적인 사람이라도 주변에 친구나 교류하는 사람이 없는 것은 아니다. 고립되어 혼자 사는 것도 아니다. 다만 관계를 맺는 방식이 조금 다를 뿐이다. 나는 타인과 거리 두는 데 능숙하고 사람에게 기대를 많이 하지 않는다. 지나친 기대는 마음을 다치게 할 수 있는 걸 아는 탓이다. 호들갑스럽지 않고 잔잔하게 서로의 삶을 존중하고 교류하는 관계를 선호한다. 가령 영화 〈카모메 식당〉을 좋아하는 사람을 우연히 만나면 친구를 만난 기분이 들곤 한다. 이 또한 소극적이지만 연대라고 볼 수 있을지 않을까? 김연수 작가가 지구 반대편을 여행하다가 무라카미 하루키를 좋아하는 이방인을 만나 우정을 느끼듯이 말이다. 비혼 연대가 꼭 밖으로 드러나야 생기는 것은 아니다. 개인의 정체성을 판단하지 않고 서로 귀를 기울여 줄 때도 생긴다.

명절이면 전을 부치는 대신에

　나에게 명절은 보너스 같은 시간이다. 침대와 한 몸이 되어 천장을 보고 늘어지게 누워 있어도 귀찮게 하는 사람 한 명 없고, 소파에 딱 붙어 드라마 정주행에 시간을 탕진해도 눈치 주는 사람 한 명 없다. 보고 나면 허무의 쓰나미가 밀려오더라도 말이다.

　명절의 본래 뜻은 조상의 얼을 기리기 위해 출가, 취직 등으로 흩어져 살던 가족이 모여 밥 먹으며 근황 토크하는 시간이다. 나에게 가족은 부모님과 동생들뿐이니 모이고 말고 할 것도 없다. 명절은 말 그대로 연휴다.

　어릴 때 명절은 집안을 채웠던 기름 냄새로 기억된다. 전으로 바뀔 재료가 수북하게 쌓인 걸 보기만 해도 코끝에서 기름 냄새가 나는 것 같았다. 우리 집은 차례를 지내지 않았지만 엄마는 동태전, 동그랑땡은 기본이고 굴, 새우, 깻잎, 관자 등으로 전을 만드셨다. 전을 부칠 때 엄마 옆에 바짝 앉아 전이 익기를 기다렸다. 엄마는 따끈따끈한 전을 접시에 몇 개 담아서 제일 먼저 내게 주셨다. 갓 부쳐 낸 전은 기름이 속까지 스미기 전이라 겉은 바삭했고 속은 촉촉했다. 따끈한 전 몇 개를 맛본 후에는 기름 냄새에 취해 명절 동안 전에는 손도 안 대곤 했다. 엄마는 명절 음식은 푸짐해야 한다고 생각하셨고, 손이 커서 지름이 1m쯤 되는 납작한 나무 채반을 가득 채울 정도로 음식을 하시곤 했다. 그 덕분에 명절이 끝나도 똑같은 명절 음식을 몇 날 며칠 먹어야 했다. 여러 가지 나물과 남은 전을 넣은 비빔밥이 메뉴였다. 이 '명절 비빔밥'을 3박 4일 동안 먹은 적도 있다.

엄마는 시가에서 쏜 뾰족한 화살을 가슴에 품고 사신다. 내가 사춘기에 접어들었을 무렵 엄마는 시가 식구들과 거리 두기를 하셨지만 가슴에 꽂힌 화살은 그대로 품고 사신다. 집안 행사가 있으면 아버지만 형제 모임에 다녀오셨다. 우리는 자연스럽게 사촌들과 작은아버지들과 멀어졌다. 어릴 때는 엄마가 유별나고 사교성 없는 사람이라고 생각했지만, 지금은 그 생각을 거두었다. 결혼 짬밥 20년쯤 된 친구나 지인들이 명절에 시가에 더는 가지 않겠다고 선언하는 것을 보기 때문이다. 그동안 시가에는 갈 만큼 갔으니 명절에 여행 가거나 집에 혼자 남아 시간을 보내는 것을 종종 본다.

결혼 제도로 이루어진 확대 가족이 주는 긴장감의 무게를 나는 모른다. 확대 가족은 가족이라는 이름으로 모였지만 사실 낯선 사람들이나 다름없다. 내적 친밀감은 함께 보낸 시간이 쌓여야 생긴다. 자란 배경, 살아온 환경, 성향과 가치관이 전혀 맞지 않은 사람들이 1년에 고작 서너 번 모인다. 명절 때나 집안 행사 때 잠깐씩 만나는 시가 식구들은 엄마의 삶을 전혀 이해하지 못한 채 엄마에게 무심코 한마디씩 던졌다. 주로 엄마의 태도나 행동을 평가하는 말이었고, 그 말은 유리 파편처럼 박혀 핀셋으로도 빼낼 수 없었다.

딸이 비혼이라서 엄마는 가슴을 콕콕 찌르는 감정을 나눌 사람 없이 오랫동안 고립된 세계에서 혼자 사신 셈이다. 엄마가 까칠해서가 아니라는 것을, 이제야 알게 되었다. 결혼 생활 짬밥 좀 먹은 친구들 입에서 엄마가 했던 말을 그대로 들을 때마다 놀란다. 그때마다 '우리 엄마 그동안 외로웠겠네' 생각하지만 그렇다고 내가 엄마의 속을 풀어 드리지는 못한다. 딸이 엄마와 다른 삶을 살기에 동지 같은 딸이 없는 엄마가 안쓰럽다.

엄마와 달리 나를 평가하는 가족은 없지만 나는 늘 시간에 쫓겨 억울했다. 억울함의 대상을 알 수 없어 더 억울했고, 명절 연휴에는 기를 쓰고 어디론가 떠나곤 했다. 쓸데없이 고단하게 사는 내가 나에게 주는 상이라고 이름 붙였다. 엄마는 자신처럼 딸들이 좁은 세상에서 살기를 바라지 않으셨다. 하고 싶은 일을 다 하면서 살기를 바라셨다. 덕분에 나와 동생은 제재 없이 비교적 마음대로 살 수 있는 자유를 누렸다. 아버지는 가끔 한마디씩 하셨지만, 엄마는 언제나 든든한 방패였다.

연휴가 며칠인지에 따라 목적지가 정해졌다. 대부분 가까운 동남아였다. 명절 연휴라는 시간을 고려해서 간택된 곳은 한정적이었고, 여행지에는 나와 비슷한 생각을 하는 사람들로 넘쳤다. 휴가가 고작 며칠뿐이라 한국인은 여행을 전투적으로 바라보는 면이 있다. 열심히 일한 자신에게 주는 상으로 즐길 준비도 일처럼 치열하게 한다. 휴가로 떠난 도시의 명소에는 나처럼 억울함을 해소하려는 사람들이 몰려 줄을 서야 했고, 한국인지 외국인지 헷갈릴 정도였다. 그러다 직장을 그만두고 프리랜서로 살면서 내 여행 패턴도 변했다. 수입은 줄었지만 시간에 종속된 노예 신분에서 해방되었으며 내가 좋아하는 일에 쏟는 시간이 넉넉해졌다. 덩달아 마음도 여유로워지고 탈출 의지도 옅어졌다. 탈출 강박증이 사라지자 명절 연휴를 집에서 보내며 정신적 여유를 온전히 누린다.

어느 해 추석날에 친구와 삼청동에 간 적이 있다. 삼청동을 어슬렁거리다 덕성여고 담벼락에서 수상과 관상을 보는 아저씨를 만났다. 참새가 방앗간을 그냥 지나칠 수 없는 법. 돌의자에 앉아 재미 삼아 내 관상을 읽어 달라고 청했다. 아저씨는 나에게 탯줄을 자른 곳에서 멀리 떨어져 살아야 마음이 편하다고 말했다. 태어난 도시가 아니라 다른 도시, 바다를 건너가서 살면 좋다고 했다. 외국에 나가면 말을 못 해도 편하게 느끼는 관상이라고. 속으로 '어? 어떻게 알았지?' 하며 낯선 사람이 내 얼굴에서 읽어 낸 정보에 깜짝 놀랐다.

지하철을 타고 집에 가면서 제정신이 돌아왔다. 내 순진함에 웃음이 났다. 추석날에 중년 여자가 삼청동에서 관상을 보고 앉아 있다는 건 가족 제도에 묶이지 않은 사람이라고 에둘러 말한 것이나 다름없었다. 비운 밥그릇이 쌓이면 우리도 상대방의 태도나 말에서 삶의 조각을 끌어내 퍼즐 일부를 맞추는 능력이 조금 생긴다. 관상 읽는 업은 사람의 행동과 표정에서 퍼즐 조각을 찾아내는 '촉'이 발달한 사람이 한다. 추석 명절에 내적 친밀감 없는 식구들 틈에서 부대끼는 대신 관상 이야기를 듣고 있는 여자에게 해 줄 수 있는, 그럴듯한 덕담이 아니었을까?

손에 전 뒤집개 대신 시간을 쥐고 내 마음대로 조물조물하는 명절. 이보다 완벽한 명절이 있을까.

비혼 선언 축하금이 있는 세상

몇몇 대기업이 비혼 선언을 하는 직원에게 축하금과 함께 5일 휴가를 준다는 뉴스 기사를 읽었다. 나는 프리랜서여서 해당 사항이 없지만 그래도 그동안 겪었던 설움을 보상받는 기분이 들었다. 과거에 만들어진 관혼상제는 이성애를 기반으로 하는 가족에 맞춰져 있어서 비혼은 복지 제도에서 철저하게 소외되었다. 기업의 복지 혜택도 가족에게 맞추어져 있다. 비혼의 말 못 할 설움이 사회 표면에 떠오르나 싶었지만, 실은 MZ세대 직원들의 트렌드를 반영했다고 한다. 비혼에게는 자녀의 학자금 보조 대신 반려동물 지원금을 주고, 배우자 건강 검진 혜택을 다른 가족 구성원에게 넘길 수 있는 복지도 논의 중이라고 한다. MZ세대에게 '우리 회사는 트렌드를 무시하지 않아'를 보여 주기 위한 게 아닐까,

삐딱하게 보고 싶은 측면도 있다.

결혼 축의금과 결혼 휴가에는 나이 제한이나 근속 기간을 명시하지 않는다. 반면에 비혼 축의금과 휴가를 받으려면 일정한 조건을 충족시켜야 한다. 한 기업에서는 만 48세 이상, 10년 이상 근무해야 한다는 까다로운 조건이 걸려 있고, 또 다른 기업에서는 38세 이상, 5년 이상 근무해야 한다고 한다. 똑같이 일하는데 비혼 복지에만 조건을 내세우는 것이 평등한 복지라고 할 수 없지만 논의 자체는 의미 있다. 사회적 담론은 다양한 삶의 형태를 의식의 영역으로 데려오기 때문이다.

이에 맞서 비혼 축하금에 반대하는 이유를 담은 기사가 쏟아졌다. 저출산 시대에 비혼을 장려하는 복지라는 우려의 목소리다. 이는 결혼을 출산과 양육을 위한 제도로 보고 있는 것을 보여 준다. 가정은 자녀를 생산하고 키우는 공동체가 아니라 개인의 행복을 위한 공동체가 되어야 한다. 결혼 연령이 늦어지고 비혼을 선택하는 사람이 늘어나는 이유는 개인의 행복과 관련이 있다. 가족을 이루려면 안정적 주거가 전제되어야 한다. 터무니없이 높은 집값에 대한 부담은 물론이고 자유와 자리를 바꾸는 출산과 양육의 어려움이 널리 알려져 있다. 물론 우리 모두 이번 생은 처음이라 갈팡질팡할 때 반려자와 손잡고 뚜벅뚜벅 걸어가면 든든할 때도 있을 것이다. 하지만 세상이 달라졌다. 결혼으로 얻고 잃는 모든 것이 '나'의 행복에 이로운지 의문을 품는 시대다. 결혼이 개인의 행복을 보장한다면 정부가 장려하지 않아도 앞다투어 결혼하지 않을까? 결혼이 꺼리는 선택지가 된 데에는 내가 행복할 자신이 없기 때문이 아닐까?

우리는 타인의 경조사를 잘 챙기는 성정으로 사람 됨됨이를 평가하는 경향이 있다. 어릴 때는 학교 졸업 후에 연락이 끊겼던 친구들의 청첩장을 받고 갈등했다. 지금은 몇 년씩 연락도 안 하고 볼 일도 없는 동문 부모님의 부고 소식을 단체 카톡으로 받고 갈등한다. 요즘은 직접 조문을 가지 않아도 카톡으로 조의금을 송금할 수 있다. 그동안 부고는 무조건 챙겼다. 나쁜 일일수록 함께 나누어야 한다는 사회적 약속을 나도 철석같이 믿었다.

지금은 생각이 좀 달라졌다. 얼굴도 생각 안 나는 동문의 부모님 부고장을 받으면 먼저 슬픈 감정이 앞선다. 부모를 잃은 이의 마음도 헤아려지고 내 나이도 느껴지기 때문이다. 그 후 고민에 빠진다. 한때 같은 학교에 다닌 것 외에는 아무런 접점이 없는 사람, 내가 어떻게 사는지 전혀 관심 없는 사람의 부모님 부고를 챙길 의무가 있을까? 의무감도 마음이 있어야 생긴다. 한국의 축하와 조문 문화는 대가족 중심주의에서 기원한다. 먼 친인척의 대소사에 참석해서 얼굴을 비추는 역할을 해야 '된 사람'이라는 고정 관념이 깊숙이 자리하고 있다. 나도 이 고정 관념을 완전히 떨치지 못한 사람이다. 평소에 곁에서 마음을 나눈 사람에게 좋은 일이 있으면 진심으로 기뻐하고, 안 좋은 일에는 위로와 응원을 보내며 마음을 나누는 것은 없어져서는 안 될 미덕이다. 하지만 혼인을 통해 법적으로 강제되어 서로를 전혀 모르는 친인척의 대소사에 주말을 반납해야 마땅하다는 의식은 낡았다. 이 의식이야말로 가부장제를 떠받쳐 왔고, MZ세대가 받아들이기 꺼리는 의식이 아닐까?

비혼 축하금 제도 때문에 결혼율이 낮아질 거라는 주장은 터무니없다. 우리는 결혼 서약과 동시에 한꺼번에 몰려오는 1인 다역을 각오해야 한다. 커리어 유지는 기본이고 출산과 양육, 가사노동에다가 집안 행사까지 두루 활약해야 한다. 1인분의 몫만 감당하는 비혼에 비해 영혼 없는 허례를 반기는 사람이 얼마나 있을까? 비혼 축하금이 결혼율을 떨어뜨리는 것이 아니라 시대에 맞지 않는 가부장제 의식으로 인해 틀어지기 쉬운 커리어, 출산과 양육의 어려움이 내 행복을 위협하기 때문이다. 결혼을 망설이며 출산과 양육을 포기하는 이유는 나의 행복이 우선하기 때문이다.

Chapter 2

비혼도 연애는
한답니다

연애나 마음껏 하라뇨?

지인들이 인심 쓰듯이 나에게 하는 말이 있다.

"연애나 마음껏 해."

홀몸이니 자유연애를 즐기라는 응원의 말인 거 안다. 관계에 지나치게 몰입하지 않고 상대에 대한 기대치를 내려놓으면 연애하기 어렵지 않다. 연애를 잘하고 자주 하는 사람은 호감만 있어도 연애를 시작한다. 하지만 나는 관계, 특히 남녀 관계에서 쿨한 사람이 아니다. 가볍게 연애해야지 하면서도 정작 중요한 가치를 상대에게 강요하곤 한다. 처음에는 좋아하는 감정으로 만나지만 감정만으로 관계가 유지되진 않는다.

내가 생각하는 바람직한 인간관계는 신뢰를 바탕으로 서로 존중하고 배려하며 자신의 말과 행동에 책임지는 것이다. 까다로운 항목들이지만 완전하지 않아도 이런 항목을 지키려고 노력할 때 관계를 이어 가고 싶은 마음이 생긴다. 다 알고 있는 일반적인 사실이지만 원래 평범한 것이 더 어려운 법이다. 겉으로 보기에 당연한 것도 결코 저절로 오지 않는다. 건강한 연애는 상대를 배려하는 태도에서 비롯된다. 안타깝게도 이 네 가지 요소를 나처럼 필수라고 생각하는 사람을 만나기는 쉽지 않다.

남녀 관계에서 책임감을 털어 버린 채 가볍게 꽁냥꽁냥이 과연 가능할까? 적어도 나는 그럴 수 있는 사람이 아니다. 그래서 어느 순간부터 '그냥 연애나 해'란 말에 삐딱해졌다. '그냥 연애나'라니. 연애가 무엇인지 여러분은 잊으셨나요? 상대를 알아가는 과정에서 핑크빛 감정이 곧 짙은 먹구름으로 뒤덮곤 했던 일이 기억 안 나시나요? 하루에도 몇 번씩 감정 롤러코스터에 탑승해서 높이 솟구쳤다가 곤두박질쳤던 시간을 정녕 다 잊으셨단 말인가요?

마트에 가서 물건을 장바구니에 담을 때조차 이유가 필요하다. 필요하니까, 당장 필요하진 않지만 원 플러스 원 할인 행사하니까, 원래 사려던 것은 아니지만 있으면 편하니까 등등. 마트에 가서 물건을 적당히 골라 담아도 그럴듯한 이유를 붙이듯이 관계 발전에도 나름의 이유가 있어야 한다. 외로움의 깊이를 혼자 감당할 수 없다든지, 주말에 혼자 있기 싫다든지, 혼자 살 때보다 둘이 살면 생활비가 절약된다든지. 정서적 이유든 실용적 이유든 자신이 필요하다고 느껴야 한다. 앞뒤 재지 않고 '사람 자체가 너무 좋아서' 같은 숭고한 가치는 중년에는 씨알도 안 먹힌다.

중년에는 경험으로 짠 두툼한 외투를 입고 사람을 만난다. 20, 30대에는 다양한 상대를 만날 기회가 비교적 많고 비슷한 경험치를 가지고 출발선에 선다. 사랑에 빠질 때 겪는 감정의 소용돌이도 서로 처음이라 비슷하게 헤맨다. 중년에는 다르다. 누군가를 만날 기회도 적고, 사랑하고 헤어지는 연애 주기를 한 바퀴 이상씩 겪고, 결혼과 이혼까지 모두 경험한 사람도 만난다.

경험은 양날의 검이다. '한 번도 상처받지 않은 것처럼 사랑하라'는 말은 참신함이라곤 찾아볼 수 없는 말이다. 이 진부한 말이 중년에는 실천하기 어려운 철학적 명제가 된다. 사랑을 잃으면 상처도 받고 상처의 흔적도 남는다. 모든 연애는 상처를 남긴다. 다만 그 깊이가 다르고 시간과 함께 희미해질 뿐이다. 다행히 신은 우리에게 망각을 선물로 줬다. 사랑하는 사람과 헤어져서 무기력에 빠져 허우적거려도 시간이 흐르면 추억의 카테고리에 저장한다. 내 나이쯤 되면 '시간이 약'이라는 것을 경험해서 안다. 가슴이 저릿한 슬픔도 시간의 구비를 넘으면 아득해지고 멀쩡하게 잘 산다. 상처의 흔적을 가리는 방법도 터득한다. 그렇더라도 상처는 희미한 무늬로 남아 틈나면 불쑥불쑥 도드라진다. 상대를 볼 때도 자신만의 기준이 생겨 까탈스럽게 된다. 과거 관계에서 좋지 않았던 상대의 단점을 마음속에 새겨 두었다가 필요할 때 꺼내 쓱싹쓱싹 재단한다.

중년까지 비혼으로 살았다는 말은 오랫동안 혼자 시간을 보낸 사람이란 뜻이다. 즉, 혼자 시간을 보내는 법을 안다는 말이다. 일에 몰두하든, 취미에 열정을 바치든, 인간관계에 에너지를 쏟든, 일상을 버텨 내는 방법이 있고 나 잘난 맛에 중독된 사람이다. 사느라 바쁘고 자신에게 에너지를 집중하는 사람이다. 상대의 기분에 따라 감정이 출렁거리는 것에 잔뜩 웅크린다. '나의 성취'가 우선해서 매일 셀프 토닥임과 셀프 응원까지 하느라 여유가 없다. 시간과 신경이 분산되면 자체적으로 위험 사이렌을 울리며 옐로카드를 발행한다. 옐로카드를 받으면 마음이 위축되어 상대를 탐색할 물리적 시간과 의지를 접는다.

이 모든 것을 뛰어넘고 연애를 하더라도 중년의 연애는 어릴 때와 다를 수밖에 없다. 어릴 때는 집으로 가는 방향이 같아서, 커트 코베인을 좋아해서 단숨에 친밀감이 쌓였다. 주말에 영화를 같이 보러 갈 수 있어서 등의 이유로 금세 마음의 거리가 가까워졌다. 경험은 이 단순한 계산법을 거두어 간다. 상대만을 바라보며 전속력으로 질주하는 열정에 불을 붙이는 데 한없이 인색해진다. 이미 자리 잡은 가치관과 습관을 씨실과 날실로 엮어서 내구성이 강한 직물처럼 만든 루틴이 있다. 이 루틴은 방패가 되어 바깥에서 날아오는 화살도 막아 낼 정도로 단단하다. 상대에게서 탐탁지 않은 점을 발견하면 관계의 끈을 놓을 궁리부터 한다.

인간관계, 특히 남녀 관계에는 품이 많이 든다. 본래 가지고 있는 나쁜 습관을 잘 포장하는 것도 필요하고, 욕구가 좌절될 때 수용하는 탄력성도 필요하다. 열정보다는 사람 자체를 지지하고 소통하는 것이 중요하지만, 그럴듯한 당위성이 없으면 관성의 법칙이 작용한다. 제자리로 빨리 돌아간다. 관계를 지속하려면 다른 무엇으로도 대체할 수 없는 절실함이 있어야 한다. 그렇지 않으면 혼자 치맥 먹으면서 넷플릭스나 보는 게 더 편하다. 사람보다 하찮지만 편한 것에 마음이 더 기운다. 나도 모르게 절실함과 하찮은 편안함 사이를 왔다 갔다 저울질하곤 한다.

중년이 되면 사람에 대한 여러 가지 데이터도 쌓인다. 과거 관계에서 경험했던 긍정적, 부정적 감정들이 불쑥불쑥 튀어나온다. 주변의 커플들에게서 들었던 즐거움과 괴로움까지 가세한다. 관계에서 겪어야 하는 부정적 감정들을 가늠해 본다. 과연 시간을 들여 감당해도 좋은 감정인지 계산기를 두드린다. 겪기도 전에 관계의 장단점을 예측하는 몹쓸 짓을 한다. 연애를 시작하기 전에 생각부터 많아지는 것도 중년의 특징이 아닐까? 웬만해선 상대에게 힘껏 내닫기를 꺼린다. 경험으로 무장한 선을 뛰어넘을지 말지는 '내 마음'에 달려 있고, 마음은 가슴보다 머리를 따라갈 때가 많다. 중년에 연애가 한없이 어려운 이유다.

중년에도 사랑의 감정을
느낄 수 있나요?

인터넷 게시판에 가끔 마주하는 질문이 있다.

"40, 50대에도 사랑의 감정을 느낄 수 있나요?"

스물네 살에 대학원에 입학했을 때였다. 조교는 서른한 살이었고 석사 과정을 수료한 뒤였다. 학자가 될 게 아니면 냄비 받침으로나 쓰일 석사 논문에 선배는 잔뜩 공을 들이며 시간을 보냈다. 서른이 넘은 나이에 학교에 적을 두고 있는 선배가 자신만의 궤도를 도는 먼 행성처럼 아득하게 보였다. 서른은 행성의 거리를 잴 때나 사용되는 광년만큼이나 멀리 떨어진 것처럼 보였다. 공감은 상상력에서 나온다. 나의 빈약한 상상력 탓에 선배를 다른 행성 사람으로 보았다.

이제 내 얼굴에 주름이 보란 듯이 자리 잡았고 턱살이 처져서 얼굴형도 달라진 것 같다. 매일 시간의 흔적이 덕지덕지 묻은 얼굴을 볼 때마다 내 어리석음이 부끄러워 땅속으로 꺼지고 싶다. 세월은 누구에게나 예외 없이 흐른다. 그것도 쏜살같이. 지금 나는 그때의 선배보다 스무 살 하고도 몇 살이 더 많다. 나이에 대한 기준도 당연히 달라졌다. 서른이면 꿈꾸기 '딱 좋은 나이'라고 말하고 싶다. 나도 시간의 터널을 직접 건너기 전에는 몰랐다. 청년이 40, 50대에도 사랑의 감정이 유효한지 상상할 수 없는 것이 당연하다. 얼굴에 주름살이 생기면 감정도 쭈글쭈글해질까? 음, 옥시토신 호르몬이 줄어들겠지만 감정 자체는 늙지 않는 것 같다. 다만 이런저런 학습을 통해 격렬한 감정이 잦아들고, 날것의 감정을 자제할 뿐이다.

나는 첫눈에 반하는 사랑을 믿지 않는 편이다. 프랑스 소설가 스탕달은 《연애론》에서 여자가 남자에게 첫눈에 반하기 위해서는 상대에게 어떤 의심이나 경계심이 없어야 한다고 했다. 경계심을 갖지 않으려면 경계심을 갖는 데 지쳐 있어야 하고, 자신에게 극적인 사건이 일어나길 바라는 상태여야 한다. 이런 마음을 갖는 순간 홀

딱 반할 수 있다. 즉, 사랑의 열정은 상대에 대한 열정이 아니라 자신에 대한 열정이라고 말한다. 스탕달만이 아니라 많은 철학자가 사랑의 감정을 이와 비슷하게 설명한다. 결국 사랑은 자기 자신에서 비롯되는 감정이다. 중년의 사랑은 스탕달이 말하는 사랑의 조건과 일치한다. 사랑의 크기는 상대의 매력에 비례하지 않는다. 오히려 어린아이가 애착 인형 만드는 과정과 비슷하다. 애착 인형은 처음에는 특별한 인형이 아니다. 인형 자체는 어디에서나 살 수 있는 상품이다. 아이는 특성 없는 인형을 어느 날 손에 넣고는 의미를 부여하기 시작한다. 인형에 감정을 실어 영혼을 불어넣는다. 그러면 세상에 하나밖에 없는 '내 인형'이 탄생한다.

사랑도 비슷하다. 살다 보면 단단히 떠받치고 있던 마음 근육이 힘을 쓰지 못할 때가 있다. 햇살이 좋아도 눈물이 나고, 꽃잎이 바람에 날려도 눈물이 나고, 비가 와도 눈물이 난다. 흥겨운 음악을 들어도 가슴이 미어져 눈물이 양 볼에 흐르고, 책을 읽다가도 눈앞이 흐려져 책상에는 어느새 눈물과 콧물로 젖은 휴지가 수북하게 쌓일 때도 있다. 이럴 때 약해진 마음 근육을 위로할 수 있는 애착 인형이 절실하다. 이렇게 사랑은 상대에서 기원하는 게 아니라 '내 안'에서 솟아난다.

사랑은 건조한 일상을 촉촉하게 만든다. 작은 일에도 마음이 들뜨고, 사용한 지 오래되어 굳었던 웃음 근육도 풀어지도록 도와준다. 하지만 부작용도 따라온다. 일상을 덤덤하게 이어 가는 데 필요한, 오랜 시간 다져 온 마음 근육을 한순간에 무르게 할 수 있다. 나는 감정에 휘둘려 휘청거리는 것에 자신이 없다. 연애는 감정 에너지를 게걸스럽게 먹어 치운다. 연애 혹은 사랑 앞에 나는 겁에 질린 강아지가 두 다리 사이로 꼬리를 말아 넣듯이 몸을 잔뜩 사린다. 사랑은 지나가겠지만 일상은 지속되니까.

연인과 마음의 크기가 달라서 애면글면할 때도 있다. 연인의 마음을 얻는 것은 혼자 할 수 없다. 계획을 정교하게 세워도 연인은 계획대로 움직이지 않고, 쏟은 에너지는 보상받지 못한다. 지친 마음을 위로받고 싶은 욕심이 너무 크면 영혼에 좀이 슨다. 그럼에도 문학과 예술에서는 사랑을 예찬한다. 사람의 마음을, 때로는 인생 전체를 쥐락펴락하는 사랑은 문학과 예술이 제일 좋아하는 주제다. 우리는 상대의 마음을 내 뜻대로 주무를 수 없고 재단할 수도 없다. 예술가들은 사랑에 몸을 던지는 선수들이다. 그들은 상처를 두려워하지 않는다. 오히려 그 상처가 창작의 원동력이 될 때도 있다. 우리 모두 예술가의 자질을 나누어 가질 수는 없다. 가슴속에서 불이 활활 타면 장작을 덜어 낸다. 옅은 친밀감을 지향하면서 사랑이란 팻말이 붙은 오솔길로 소심하게 한 걸음 내디딘다. 계속 걸을 만한 길인지 탐색한다. 내면에서 솟아나는 실용적 필요성도 한몫한다.

내 연애를 뒤돌아보면 언제나 감정에 미숙했다. 내 감정을 나도 잘 몰랐고, 당연히 성숙하지 못한 태도로 상대를 대했다. 이제 얼굴도 잘 기억 안 나는 상대에게 미안한 마음이 가슴 한구석에 있다. 이 미숙함을 만회해 보고 싶을 때도 있다. 이제는 성숙한 모습으로 나아갈 수 있을지 도전이라면 도전을, 실험이라면 실험을 한번 해 보고 싶다. 나에게 연애는 정의하자면 '감정 영역에서 자기 계발'쯤 될 것 같다.

사랑 주변에서 어슬렁거리는 또 하나의 중요한 동기는 노화에 대한 두려움이다. 매일 몸과 마음이 쇠락의 문턱에서 서성이는 것을 지켜본다. 심장의 뜨거운 피가 식기 전에, 마음의 불꽃이 꺼지기 전에 사랑을 찾을 수 있다고 믿지 않는다. 그럼에도 사랑이 어딘가에 숨겨져 있는 보물 찾기라고 옅은 희망을 품는다. 이 희망은 헛된 바람이라는 것을 아는 데도 말이다.

청년의 연애가 시간을 함께 보내며 서로의 기억에 공통분모를 새기는 것이라면, 중년의 연애는 상대의 경험과 나의 경험이 충돌하는 것이다. 고유한 기억 주체가 되어 사는 방식이 차곡차곡 쌓인 습관이라는 녀석도 등에 업고 만난다. 만나는 사람들, 하는 일과 속한 환경이 만든 고유한 무늬가 새겨진 옷을 챙겨 입고 서로를 마주한다.

경험으로 찍어 낸 벽돌로 쌓은 벽이 높을수록 두 사람이 만나 쌓아 올릴 영역이 적다. 한 사람을 얻는 일은 그 사람의 과거, 현재, 미래까지 곁에 두는 것이라고 했다. 함께 보낼 미래만이 아니라 과거 그리고 과거의 흔적까지 품을 수 있어야 사랑에 이르는 입구에 설 수 있다. 이 입구는 둘이 통과하기에 비좁다. 결이 서로 안 맞거나 상처받을 거 같으면 빠르게 내뺀다. 불꽃같은 열정으로 시작하지만, 오래 타오르려면 알맞게 마른 장작을 열심히 찾아야 한다. 심장 온도가 육체 노화를 이기려면 귀차니즘이란 무거운 외투를 벗어야 한다. 하지만 현실은 귀차니즘 외투 단추를 목까지 잠그며 '굳이 뭐 하러'를 입 안에서 중얼거린다.

외로운 사람은 연애를 해도 외롭다

"혼자 여행하면 외롭지 않나요?"

"외로움에 대처하는 법을 알고 싶어요."

"혼자 즐기는 법을 알고 싶어요."

'혼자 여행하는 법'을 강의했을 때 받았던 질문이다. 이 질문에는 공통점이 있다. 바로 혼자는 외롭다는 전제다. 혼자라서 외롭다는 단정은 어디에서 나왔을까? 학습된 프레임이 아닐까? 둘이면 안 외로울까? 인생이란 긴 여행에서 혼자라서 외로운 게 아니라 사람이라서 외로운 건 아닐까?

연애는 '식집사'처럼 사랑을 쏟는 재능과 너그러움을 요구한다. 식물은 말이 없다. 식집사는 이 대전제를 흔쾌히 수용하는 사람이다. 반려 식물을 집에 들이면서 식물이 내 마음을 헤아려줄 거라고 기대하지 않는다. 대신 식물의 침묵에도 무한한 관심을 쏟겠다고 서약한다. 잎이 마르면 무엇을 잘못했는지 돌아본다.

커다란 잎 하나와 작은 잎 하나가 달린 몬스테라가 나에게 왔다. 한동안 잎이 커지는 속도에 입을 다물지 못할 정도였다. 새잎의 꿈틀거림이 보였다. 멀리서 보면 매일 똑같은 모습이지만 가까이서 보면 매일 다른 모습이다. 아침저녁으로 어떻게 변하는지 들여다보았다. 어느 날 몬스테라의 가지 하나가 통통하게 부풀어 올라 새잎을 내보낼 준비만 한 채로 성장이 멈췄다. 문제가 무엇인지 유튜브를 뒤적거렸고, 몬스테라는 습한 대기를 좋아하는 것을 알게 되었다. 물 주기를 고민하고 가느다랗고 연한 줄기가 휘지 않도록 지지대를 만들어 세심하게 살폈다. 이러다 몬스테라 전문가로 나설 기세다. 웅크리고만 있던 잎이 드디어 습한 장마 기간에 얼굴을 활짝 내밀었다. 나머지 잎들도 반짝반짝 빛났다. 몬스테라 잎사귀들에 기분이 오락가락할 줄 몰랐다. 기쁨의 크기는 그동안 쏟은 정성의 크기에 비례했다. 나는 몬스테라와 교감이란 맥락을 엮었다. 말 없는 몬스테라가 내보내는 미세한 신호를 찾아서 읽고 해석하며 교감한다. 일방적 사랑 쏟아야 하는 세계를 창조한 사람은 식집사 역할을 자처한 바로 나 자신이다.

연애는 식물 키우기처럼 내 촉수를 상대에게 뻗고 맥락을 만드는 일이다. 시작은 식물 키우기와 비슷할지라도 같을 수 없다. 연애하면서는 너그러운 식집사가 될 수 없다. 연인은 말을 하고, 세상에 단 하나밖에 없는 고유한 마음을 여러 가지 방법으로 표현한다. 다른 누구와도 대체 불가능한 존재라서 사랑에 빠지지만, 대체 불가능해서 스핑크스가 낸 수수께끼처럼 보인다.

연인은 아는지 모르는지 듣기에 불편한 말을 할 때도 있고, 마음에 안 드는 행동을 할 때도 있다. 그렇다고 내가 느낀 것을 매번 시원하게 표현할 수도 없는 노릇이다. 화가 솟구쳐도 누르고, 쏟아내고 싶은 말도 꿀꺽 삼킨다. 어느새 자의적 해석의 늪에 점점 빠진다. 나 혼자 오해의 바다에서 허우적거린다. 이를테면 '미안해'란 한마디가 듣고 싶어서 조금 투정 부리면 연인은 구구절절 이론적 논리로 자신이 한 행동을 설명, 아니 방어한다. 내 귀에는 변명처럼 들리고 급기야 빈정이 상한다. 이와 같은 해석 왜곡은 꼭 연인만이 아니라 다른 인간관계에서도 비슷하다. 상호 작용에 따라 관계의 깊이가 달라진다. 적절한 거리 두기가 미덕이지만 가슴으로 받아들이고 실천하기 쉽지 않다.

식물로부터 내 돌봄에 대한 보상을 기대하지 않는다. 반면 인간관계에서는 연인이든 친구든 동료든 내가 상대를 배려한 만큼 배려받고 싶은 마음이 싹튼다. 이 싹은 살피지 않고 내버려 두면 무럭무럭 자라는 속성이 있다. 내가 쏟은 관심만큼 돌아오지 않으면 섭섭해서 상처받고 나아가 관계에 마침표를 찍는 것까지 상상하곤 한다. 그럼에도 다른 사람과 가까워지는 과정에서 누리는 설렘과 즐거움을 포기할 수 없다. 즐거움은 관계를 가꾸려는 의지와 땀이 만든 열매다. 생각과 가치관이 다른 사람을 수용하고 배려하는 태도는 인간 사회에서 기본이다.

나는 감정의 깊은 우물에 빠지는 것을 경계하는 편이다. 상대에게 지나친 기대를 하지 않으려고 애쓴다. 사회생활을 시작하면서 학창 시절 친구들과는 물리적으로 멀어진다. 안부도 만남도 없는 긴 공백이 필연이지만, 친구들이 나를 대하는 마음이 변했을 거라고 의심하지 않는다. 함께 보냈던 시간을 마구잡이로 구겨서 휴지통으로 보내 삭제할 것이라고 상상하지 않는다. 기억을 차곡차곡 접어서 깊숙이 넣어 두었다고 믿는다. 철 지난 옷을 깨끗하게 세탁 후 가지런히 접어 서랍 깊숙이 넣어 두고 필요할 때 다시 꺼내는 것처럼. 언젠가 다시 만나면 '그 시간'을 꺼내서 이야기할 수 있도록 말이다. 연락도 안부도 없는 '빈 시간'에 자기 자리에서 충실하게 살고 있다고 서로 믿어 준다.

친구를 대할 때 마음가짐이 연인에게도 유효하다. 하지만 어쩐 일인지 연인은 친구처럼 대할 수가 없다. 이를 보여주듯이 애착 관계에 대한 태도를 조언하는 책이나 영상이 넘친다. 거리 두는 것이 그만큼 어렵다는 말이다. 연인에게 쏟은 시간과 정성이 내 뜻대로 해석되지 않을 때도 많다. 시간과 마음을 바친 본전이 아깝다. 이럴 때 에너지를 다른 방향으로 돌리면 관계에 지나치게 얽매이는 것을 피할 수 있다. 보상도 따른다. 가령 책을 읽으면 좋은 글을 만나고 시야가 넓어진다. 좋은 문장을 읽으면 글감이 떠오르고 어느새 글쓰기 근육도 야금야금 붙는다. 또 여행을 떠나면 마음에 일용할 양식을 채워서 돌아온다. 현실에서 달아나고 싶지만 두 손 두 발 현실에 꽁꽁 묶여 있을 때, 공수해 온 일용한 양식을 조금씩 꺼내 먹는다. 여러 가지 경험은 내면을 단단하게 만든다.

신경 과학자 존 카시오포는 사람은 외로움을 느끼도록 진화했다고 주장한다. 외로움을 느껴야 다른 이들과 함께 살고 생존을 위해 협동한다는 것이다. 외로움이 새로운 친구를 찾거나 사람들을 만나는 원동력이 되는 셈이다. 그의 주장을 빌리면, 비혼은 역으로 인간관계에서 거리 두기를 할 수 있어서 사람 외의 것에 관심을 쏟을 수 있다. 타인의 인정과 사랑은 살아가는 데 커다란 기쁨이다. 하지만 사람만이 위안처가 되면 저주에 걸린다. 타인의 인정과 태도에 나를 내던지면 내면은 카드로 만든 집처럼 무너지기 쉽다. 나는 속 시끄러운 연애보다 온전히 혼자 있을 때 생산적이다. 책을 읽거나 영화를 보거나 산책 등으로 외로움 구멍을 꽉꽉 메운다. 외로움 덕분에 부지런히 몸과 마음을 움직인다. 외로움을 떨치는 수단은 아이디어 선반을 채우도록 도와준다. 혼자라서 느끼는 외로움은 내가 통제할 수 있고 긍정적 자기 계발로 이끈다.

연애할 때 외로움은 혼자일 때 느끼는 외로움과 결이 다르다. 상대의 감정 진폭에 맞추며 내 마음도 오르락내리락한다. 원치 않아도 감정의 포로가 되곤 하는데 타인의 감정에 휘둘리는 신세에서 벗어나는 방법이 필요하다. 인간관계에서 얻는 기쁨을 부식시키지 않으려면 말이다. 그동안 채집해 둔 마음을 끄는 활동을 꺼내서 윤이 나게 닦을 차례다.

의미 없는 연애보다
의미 있는 우정이 좋아요

공동 주택 단지 놀이터에서 한 아이가 다른 아이에게 말을 거는 모습을 보았다.

"같이 놀래?"

"그래."

둘은 친구가 되었다. 아이들의 세상에서는 한 사람이 같이 놀자고 청하고, 다른 사람이 동의하면 그만이다. 하지만 어른이 되면 친구 사귀는 기술은 일부러 연마하지 않으면 퇴화한다. 단순히 같은 동네에 살고 자주 마주친다고 해서 친구가 되지 않는다. 새로운 친구에게 다가갈 때 마음의 문을 열 준비도 필요하다.

최근에 중고 거래 마켓 앱에서 만난 동네 4050 비혼 여성들과 동네 걷기를 한 적이 있다. 동네에 사는 비혼 여성들을 만나서 살짝 흥분했다. B는 우리 동네에서 산 지 30년 가까이 되었지만 동네에 아는 사람은 한 명도 없다고 했다. 그건 나도 마찬가지다. 이사를 몇 번 하기는 했지만 모두 같은 동네였고, 태어나서 지금까지 같은 동네에 살고 있는데도 말이다.

아이를 키우는 사람들이 이사 전부터 공동 주택 커뮤니티에 가입해 적극적으로 동네 정보를 탐색하는 것과 대조적이다. 아이를 키우는 사람들은 아이들에게 친구를 만들어 주고, 어린이집 정보나 학원 정보 등 양육에 필요한 실용 정보를 교환하려는 뚜렷한 목적이 있다. 그러다 보니 이사 전부터 동네를 탐색하고 동네 친구를 사귀는 데 적극적이다. 반면 나를 비롯한 비혼 지인들은 동네 친구가 있으면 좋겠다고 '생각만' 한다. 가끔 맥주 한잔 마시며 가볍게 수다 떨 수 있는 대상을 그리워하지만 일시적이다. 관계는 반려 동식물과 같아서 돌보지 않으면 금방 시든다. 이를 알기에 동네 친구가 그리워도 그리움으로 끝내곤 했다.

아무튼 이제 동네에 사는 비혼 여성들을 알게 되었다. 휴일 오후에 뒷산에 함께 오른 후에 혼자 먹기 힘든 메뉴를 골라 저녁을 먹고 헤어지곤 했다. 동네 친구들과 운동할 때 제일 좋은 점은 운동복을 입고 걸어서 약속 장소에 가는 것이다. 지하철이나 차를 타고 나가지 않아서 번잡하지 않다. 약속 장소까지 오고 가는 데 걸리는 시간이 없으니 휴일 오후에 약속을 잡아도 다음 날 출근에 대한 부담을 줄여 준다. 하지만 이 관계가 지속되려면 적지 않은 노력이 필요하다. 지금껏 동네 친구 없이 잘 살았는데 에너지를 쏟을 이유를 찾기 시작한다.

연애는 어떨까? 혼자라는 편안함이 절정에 달해서 혼자 있으면 마음이 잔잔한 호수 같다. 이 상태를 무척 사랑하지만, 아주 가끔 우주의 기운이 새로운 세계로의 초대장을 보내올 때가 있다. 그러면 초대장을 어색하게 들고 주저하며 다른 세계로 입장한다. 가끔 깊은 잠에 빠진 연애 세포를 깨우는 사람을 만난다. 평온한 상태가 곧 깨지고 마음이 휘둘릴 것을 알면서도 왜 익숙하지 않은 세계로 걸어 들어갈까? 풍요로운 감정생활을 위해서, 나도 모르게 타인을 향해 쌓아 올린 벽을 조금 낮추고 싶어서다. 더 나이 들면 '마음의 주파수'가 맞는 사람이 곁에 있으면 좋겠다는 바람도 있다.

하지만 바람은 바람일 뿐 상대에게 곁을 내어 주기 전에 지쳐 버리곤 한다. 나이 들수록 자기 경험이 기준이 되어 상대를 판단하는 계산기가 머릿속에 있다. 나와 가치관이 맞는지, 희로애락을 느끼는 포인트가 비슷한지, 감정 코드가 달라도 퍼즐처럼 맞출 수 있는지 찬찬히 살핀다. 마음의 주파수를 맞추는 데 품이 많이 들면 관계에 게을러지고 만다. 내 경우에 이성이든 동성이든 관계의 밀도가 높아지려면 가치관이 비슷해야 한다. 이를테면 '예상치 못한 여윳돈 백만 원이 생긴다면 무엇을 하겠는가?'라는 물음에 나는 고민 없이 여행을 택할 것이다. 이 선택 방향에는 내 오랜 습관과 가치관이 스며 있다. 다른 데 소비를 줄이고 여행을 떠났고, 낯선 곳에서 새로운 경험을 통해 얻는 것들이 소중했다.

데이트한 지 얼마 안 된 사람에게 내가 종종 하는 질문이 있다.

"갑자기 백만 원이 생기면 저는 여행하고 싶은데, 뭐 하고 싶으세요?"

"여행은 다녀오면 남지도 않는데 무조건 남는 에르메스 셔츠를 사야죠."

그는 단정적으로 말했다. 대답을 듣는 순간 이 관계의 수명은 길지 않을 거라고 직감했다. 그의 대답은 마음의 결이 서로 다른 것을 알려 주는 작은 신호였다. 몇 번 더 이어 간 만남은 영혼의 무늬가 서로 다름을 새록새록 확인하는 시간이었다. 예상했던 대로 관계가 깊어지기 전에 끝이 났다.

두 사람이 사귄다는 말은 법적 효력이 있는 계약서에 사인하지 않아도 배타적 마음을 둘 사이에 바치기로 한 관계다. 사랑이란 말은 흔하지만 아주 추상적인 말이다. 남녀 사이에 사랑을 헌신하는 것은 어떤 의미일까? 연인의 근황에 관심을 기울이며 시간을 쏟고, 무슨 일이 일어났을 때 연인이 겪은 '사건'에 우선순위를 두고 연인의 감정을 헤아리는 데 적극적이겠다는 암묵적 약속이다. 보통 두 사람 사이에 맺는 정서적 독점 관계다.

"일이 힘들어."

"왜 그렇게 힘들게 살아? 그 일 그만두고 그 시간에 부동산 공부해서 투자하는 게 낫지."

이런 대화를 한다면 정서적 독점은커녕 내 일상에 대해 입을 다물게 되고 알맹이 없는 지루한 대화만 나누게 된다. 일이 나에게 어떤 의미인지 헤아릴 마음이 하나도 없는 사람에게 감정 에너지를 낭비할 필요가 있을까? 존중과 배려는 기본이고, 어떤 상황에서 서로 느끼는 감정이 달라도 품어 주거나 적어도 왜곡하지 않을 때 그 연애는 의미 있다. 그렇다고 무슨 일이든 함께 해야 하고, 모든 시간을 같이 보내야 한다고 말하는 것이 아니다. 각자의 일상을 존중하고 배려하지만 필요할 때 서로 정서적으로 의지할 수 있어야 한다. 깊이 없는 즐거움만 추구하는 관계가 아니다. 하지만 애착 관계에서 이 선은 지나치게 모호하다. 각자 보내는 시간이 많을수록 신뢰를 쌓는 데 정신적 품이 더 많이 든다. 그러다 보면 연인도 친구도 아닌 애매한 관계가 과연 쓸모 있는지 물음표를 계속 발행한다. 이쯤 되면 연애가 거추장스럽다는 생각이 슬금슬금 올라온다.

내 유전자를 복제해서 만든 AI가 아닌 이상 나와 온전히 일치하는 사람은 세상에 없다. 관계 유지는 다름을 밀쳐 두고 공통점을 모아 놓은 교집합을 확대해서 볼 때 가능하다. 한때 학교에 함께 다녔든, 같은 직장 동료였든, 같은 취미를 가졌든, 상대에게 귀 기울여 줄 마음이 있을 때 만남이 이어진다.

감정을 연기하느라 품이 많이 드는 애인보다 마음을 터놓을 친구 두어 명만 있으면 혼자 잘 살 수 있다. 혼자 결정하기 어려운 일이 있거나 고민이 생겼을 때 내 말에 기꺼이 귀 기울여 주는 친구면 충분하다. 운동 친구들, 트레킹 친구들, 전시회를 같이 보러 가는 친구들, 인생의 갈림길에서 좌충우돌할 때 만난 친구들, 일하면서 알게 된 친구들. 모두와 친밀도가 균일하진 않지만 넓은 의미에서 친구라고 부를 수 있다.

친구는 나에게 관심과 호감을 가진 사람이다. 각자 자리에서 힘껏 시간을 보내다 주기적으로 기꺼이 서로에게 시간을 내어 준다. 밥 먹고 차 마시며 그동안 있었던 일을 주고받으며 마음을 담아 근황을 업데이트한다. 내 이야기는 씨실이 되고, 친구 이야기가 날실이 된 천 하나를 짜고 헤어진다. 같이 짠 천은 필요할 때 꺼내 먼지를 털어 내도 포근함은 그대로 있다. 일상을 시시콜콜하게 공유하는 친구도 연인도 없지만, 필요할 때 꺼낼 수 있는 카드는 여러 장이 있다. 반면에 연애는 쏟은 에너지에 비해 불안정했다. 혼자 사는 데 필요한 것은 롤러코스터처럼 나를 흔드는 연애가 아니라 성별에 상관없이 서로의 등을 토닥여 주는 관계다.

이제는 비혼 출산도 선택입니다

일본 출신의 방송인 사유리는 2020년에 정자를 기증받아서 시험관 아기를 혼자 출산했다. 영화에서나 볼 법한 이야기였다. 우리는 결혼이나 동거 후에 이어지는 출산 소식에 익숙하다. 여성이 혼자 아이를 낳는 경우는 어쩔 수 없는 상황일 때가 많다. 결혼하지 않고 아이를 낳으면 미혼모, 혼인이나 동거 후 아이를 낳았지만 사정상 혼자 아이를 키우면 싱글맘으로 부른다. 사유리는 우리가 아는 어디에도 해당하지 않았다. 자발적으로 비혼 출산을 선택했다. 이유는 간단했다. '엄마가 되고 싶어서' 모르는 남성의 정자를 기증받았다. 엄마가 되는 데 필요한 것은 남자가 아니라 어쩌면 '정자'인지도 모르겠다. 물론 아이를 혼자 양육하겠다는 대단한 결심이 우선하겠지만 말이다.

결혼도 선택이고, 출산도 선택이다. 그렇다면 비혼 출산도 선택이 될 수 있을까? 사유리의 결심과 실행은 결혼은 싫지만 엄마가 되고 싶은 사람에게 하나의 가능성을 보여 주었다. 우리는 이성애 기반의 커플이 아이를 양육하는 데 이상적이라고 믿는다. 아이에게는 엄마와 아빠가 있어야 '완전한' 가족이라는 생각을 떨치지 못한다.

한부모 가정의 가장인 남성 지인은 '반듯한 가정'에 대한 욕망을 끊임없이 드러냈다. 그가 말하는 '반듯한 가정'은 무엇일까? 가정의 사전적 정의는 '가까운 혈연관계에 있는 사람들의 생활 공동체'다. 다시 말해 한국 사회에서 가정은 '혈연관계'를 기반으로 한 생활 공동체다. 그렇다면 한부모 가장인 지인은 원하는 가정을 이룰 수 없다. 그가 애타게 찾는 배우자는 아이와 혈연관계가 될 수 없으므로 유사 배우자가 될 수밖에 없기 때문이다. 그는 아이를 '친엄마처럼' 키워 줄 배우자를 찾아 새 가정을 꾸리려고 여러 가지 방법으로 노력했다. 그가 우선순위로 꼽는 것은 사랑이 아니다. 아이와 자신을 잘 돌봐 줄 자질을 갖춘 여성이다. 그는 자신이 꾸린 한부모 가정을 독립적인 완전한 가정으로 보지 않았다. 아내와 엄마가 결핍된 가정으로 전제했다. 더 정확히 말하면 아내이자 엄마가 수행하는 헌신적 돌봄을 갈망했다.

그를 보며 집에 '큰아들'이 있다고 농담했던 지인들이 떠올랐다. 우스갯소리로 돌아다니는 말이어서 한 번쯤 들어 봤을 것이다. 친구들은 자조 섞인 말로 힘을 내며 '큰아들'과 아이들을 돌본다고 한다. 이 분위기 속에서 내 또래의 엄마는 특히 딸들에게 결혼과 출산을 인생 과제로 가르치지 않는다. 오히려 자신들이 포기해야 했던 직업적 커리어를 더 강조하고 남녀가 대등한 결혼관을 딸에게 심어 준다. 자유로운 연애를 부추기며 대리만족하고 싶은 마음도 슬쩍 싣는다. 가족을 향한 헌신의 밀도는 헐거워질 수밖에 없다. 아이를 출산 후 작은 생명체가 사회의 한 구성원이 되는 데 동참하며 보내는 시간은 분명히 소중하다. 하지만 보람 뒷면에는 수도 없이 흘린 눈물이 마른 자국이 있다.

양육 현장에 있는 결혼한 친구들과 진지하게 이야기를 나누곤 한다. 아이를 양육하는 데 남자-여자 커플보다 여자-여자 커플이 더 적합한 것 같다고. 아이를 보살피려면 섬세한 배려심과 아이의 마음을 헤아리는 공감 능력이 중요하다. 시대가 바뀌어서 육아는 부부 공동의 책임이라는 인식이 자라고 있지만 여전히 남편은 육아를 '잘 도와준다'라고 말한다. 도와준다는 말속에는 남편은 육아 주체라는 의식이 빠져 있다.

2021년에 비혼인 친구는 조카 할머니가 되었다. 이른 나이에 원치 않는 할머니 타이틀을 받아서 처음에는 울상을 지었다. 하지만 곧 적응해서 기꺼이 할머니로 산다. 갓 태어난 생명이 보여준 신비에 감탄하며 가까이 사는 탓에 조카 손주 육아에 자발적으로 참여한다. 조카가 직장 생활하면서 아이를 키우려면 모든 식구가 육아에 참여해야 한다고 말한다. 비혼이고 출산 경험도 없지만 양육의 어려움에 깊이 공감한다. 이 공감을 바탕으로 연대 의식이 생기고 돌봄 노동의 짐을 적극적으로 나눈다.

완전한 가정을 혼인과 혈연에 한정하는 것이 아니라 파트너십에 따른 '생활 공동체'로 정의한다면 비혼 출산이 터무니없는 고난만은 아닐 것이다. 사유리는 혼자 출산했지만 실제로 부모와 주변에 있는 다른 사람들도 양육에 참여할 것이다. 비혼이더라도 함께 양육할 파트너가 있으면 어떨까? 〈빨강머리 앤〉에서 마릴라와 매튜 남매가 앤을 입양해서 함께 양육하듯이 말이다. 마릴라 남매는 앤을 키우며 자신들이 살던 세계로부터 나가서 앤이 사는 세계로 여행한다. 앤이 아니었다면 가지 않았을 길을 간다. 마릴라 남매가 보여 주었듯이 결혼이나 동거 후에 출산이 아니라 입양을 통해 생활 동반자들도 양육을 할 수 있다면 더 많은 사람이 양육에 참여할 수 있지 않을까?

현재 결혼 제도는 공고한 이성애 기반이다. 이 틀을 깨고 여자-여자 커플도 양육할 수 있도록 법 제도가 개선되면 출산이나 입양을 통한 양육 선택지가 생기지 않을까? 사유리처럼 결혼 없이 엄마가 되고 싶은 사람이 늘어날지도 모른다. 아내가 되는 것과 엄마가 되는 것은 다르다. 아내 역할을 오려 내고 엄마로 살고 싶은 사람도 있을 것이다. K는 세 아이의 엄마로 아이들이 십 대일 때부터 혼자 키웠다. 내가 결코 헤아릴 수 없는 어려움이 있었겠지만 그럼에도 이렇게 말한다. "내가 태어나서 가장 잘한 일은 아이 셋을 낳은 거야."

전통적 가족 개념은 비혼 여성이 엄마가 되는 것을 북극 탐험가처럼 만든다. 매일 극한 추위에 던져져서 생명을 유지하는 것 자체가 전투일 것이다. 이성애 커플 가정이 바람직하지 않다는 말이 아니다. 이성애 가족뿐만 아니라 다양한 가족 형태가 법적으로 보장되면 출산과 양육이 더 보편적 경험이 되고 더 보편적 고민이 되지 않을까? 현재 비혼 여성이나 비혼 커플이 출산하거나 입양할 경우 부정적인 사회적 시선은 물론이고 법 제도의 벽에 부딪힌다.

비혼은 비혼대로 독립적인 완전한 가정이고, 비혼 커플이 이룬 생활 공동체도 독립된 하나의 가정으로 인정받아서 가족 구성원을 선택할 수 있다면 어떨까? 비혼 출산이든 입양이든 아이를 키울 수 있는 환경이 열리면 한부모 가정도 불완전한 가정이 아닐 것이다. 결혼 제도로 묶이지 않더라도 정서적 지지를 나누며 일상을 공유하는 사람들로 이루어진 공동체야말로 '찐' 가족이 아닐까?

Chapter 3

슬기로운
홀로 라이프
즐기기

혼삶 프레임 바꾸기

1인분의 삶을 부정적으로 판단하고 커플을 이상적으로 프레임화하는 예를 일상에서 쉽게 찾을 수 있다. 요즘은 TV 리얼리티 쇼 춘추 전국 시대다. 〈돌싱글즈〉, 〈나는 솔로〉, 〈미운 우리 새끼〉는 짝 찾기를 인생 최대 과제로 설정한다. 세 프로그램이 지향하는 점은 같지만 그 구성은 조금씩 다르다. 〈돌싱글즈〉와 〈나는 솔로〉는 출연자들이 주체가 되어 짝을 찾으려고 적극적으로 행동하는 반면에 〈미운 우리 새끼〉는 다른 방식으로 짝 찾기를 강요한다. 〈미운 우리 새끼〉는 출연자가 휴일이나 여가를 '혼자' 보내는 방법이 관람 포인트다. 혼삶을 다룬 다른 프로그램인 〈나 혼자 산다〉처럼 1인분의 삶이 만들어 낸 일상 풍경을 보여 준다. 하지만 프레임은 완전히 다르다.

〈미운 우리 새끼〉 출연자들은 결혼 경험이 있거나 없는 싱글 남성들이다. 스튜디오에는 출연자들의 어머니 네 명이 패널로 출연해서 자신의 아들이나 아들 또래 남성의 일상을 관람하며 느낌을 공유한다. 이 프로그램은 어머니 세대의 시선과 말을 빌려 결혼을 인생의 필수 과제로 설정한다. 출연자들이 사는 1인분의 삶은 과제를 완수하지 못한 것이라고 본다. 어머니들의 시선을 통해 1인분의 삶을 '답답하고 철없는' 프레임으로 담는다. 출연자들이 공적 영역에서나 개인적 영역에서 주체적으로 사는 주인인데도 말이다.

이들 모두 자기 몫의 기량을 넘치게 발휘하는 사람들이다. 휴일에는 일반인이나 유명 연예인이나 다를 것이 없다. 늦잠 자고 일어나서 혼자 끼니를 챙겨 먹거나 운동하거나 취미에 몰두한다. 또는 친구들과 모여 잡담을 나누거나 오랜만에 지인을 만나 식사하며 근황 토크를 한다. 싱글이라면 누구나 공감할 지극히 평범한 일상이다. 평온하고 상식적인 일상은 사회자와 어머니들의 시선이 결탁해서 '쯧쯧쯧'으로 바뀌며 희화화된다. 연예인은 직업 특성상 일하는 시간이 불규칙하고 집중력 강도도 높다. 일을 마친 후 혼자 재충전하는 시간이 꼭 필요한데 혼자 밥 먹는 모습에

처량하고 가엾은 프레임을 씌우고, 취미에 몰두하는 모습을 나이에 안 맞는 철없는 짓으로 몰아간다.

반면에 〈나 혼자 산다〉는 똑같은 포맷이지만 전혀 다른 프레임으로 접근한다. 〈나 혼자 산다〉는 '나를 위해' 공들이는 모습을 보여 준다. 실컷 늦잠 자고 일어나 먹고 싶은 아침 메뉴를 골라 한 끼를 먹고, 혼자 캠핑하거나 여행을 떠나고, 취미 생활을 즐기고 하루를 마무리한다. 혼자 있을 때 빙충스럽고 서툰 모습마저 그대로 받아들이고 즐기는 게 옳다는 메시지를 전한다. 이 프로그램에 출연한 모 방송국 아나운서는 일을 끝내고 동료들과 어울리는 게 아니라 오랫동안 칼퇴하는 루틴을 만들었다. 그는 집에 오자마자 비좁은 옥상에 비닐 천막을 두른 아지트로 간다. 고기를 구워 먹고 혼술을 하며 지상에서 지을 수 있는 가장 행복한 미소를 짓는다. 스튜디오에서 이 모습을 관람하는 패널들은 깊은 공감을 연발하며 '저게 행복이지'하고 맞장구친다.

〈나 혼자 산다〉는 취향에 따라 자신만의 방식으로 즐기느라 좌충우돌하는 모습을 담아 웃음을 끌어낸다. 바닥에서 밥을 먹든, 낡고 무릎이 늘어난 바지를 입고 돌아다니든, 개성으로 받아 준다. 셀프 돌봄이 서툴러도 궁상으로 보지 않고 연민을 강요하지도 않는다. 오히려 열심히 일한 당신 아무에게도 방해받지 않고 자신에게 집중하며 충전할 권리에 힘껏 박수와 응원을 보낸다.

두 프로그램은 비슷한 일상을 다른 프레임으로 바라볼 때 그 효과를 명징하게 보여 준다. 우리는 어떤 프레임으로 혼자 사는 사람을 바라볼까? 나는 어떤 프레임으로 비혼인 내 삶을 바라보고 있을까? '혼자'에 연민의 시선을 던지는 이유는 무엇일까? 심신의 에너지를 최대치로 써야 하는 일에서 벗어나 일상에서 혼자 시간을 보내는 것에 어째서 '미완의 삶'이란 프레임을 씌우는가?

혼자서는 진짜 행복을 이룰 수 없다는 가정은 노화, 빈곤, 질병, 고립이란 프레임과 연결되어 있다. 이 프레임은 어디서 나왔을까? 나는 뉴스 미디어라고 생각한다. 뉴스 미디어는 혼자는 곧 노화, 빈곤, 질병, 고립이라는 등식을 끊임없이 주입한다. 뉴스에서 접하는 고독사 대부분은 네 가지 요소가 극대화되었을 때다. 이러한 뉴스는 사람들의 시선을 끌고 불안을 심어 준다. 나도 예외가 아니었다. 하지만 노화, 빈곤, 질병, 고립은 혼자 사는 사람들의 전유물이 아니다. 결혼을 하면 이 요소에서 자유로울까? 우리 사회에는 반려자의 돌봄 부재를 동정하며 반려자의 돌봄을 미덕으로 여긴다. 자신을 돌보는 것은 반려자의 몫이 아니라 자신의 몫인데도 말이다. 이를 극복하는 것은 우리 모두의 과제이며, 당연히 1인분의 삶에만 필요한 생존 기술이 아니다.

공공기관에서 글쓰기 강의를 하면서 인생 2막을 모색하는 분들을 많이 만난다. 자기 경험을 기록으로 남기고 싶은 분, 이제는 가족이 아닌 자신을 돌보고 싶은 분, 자신의 재능을 알고 싶어 탐색하는 분 등등. 그중 자발적 고립을 실천하는 분도 만났다. 평생 가족을 위해 살았으니 퇴직 후에는 자신을 위한 시간을 보내고 싶어서 가족에게 양해를 구해 혼자 살 집을 얻어 7년 동안 1인 가구로 살았다고 한다.

다양한 삶을 사는 중장년을 만난 후 내가 프레임에 갇혀 있었다는 것을 알았다. 자신만의 방식으로 혼자 사는 사람들의 이야기는 비관적 프레임에서 벗어날 기회였다. 행복은 다른 사람처럼 살 때 만나는 것이 아니라 '나'로 살 때 찾아온다. 은퇴 후 노년은 빈곤에 허덕이며 우울한 시간을 보내는 것이 아니라 새로운 것을 배우고 탐색하며 즐거움을 추구하는 시간이다. 오늘도 나는 1인분의 삶 프레임에 갇히지 않기 위해 나를 탐구한다.

고독과 친구가 되고 고립과 손절하기

우리는 '고립'과 '고독'을 거의 비슷하게 받아들인다. 고립은 다른 사람을 사귀지 못해 도움을 받지 못하는 외톨이로 지내는 것이고, 고독은 세상에서 홀로 떨어져 몹시 외롭고 쓸쓸한 상태라고 사전은 정의한다. 영어의 사전적 정의는 조금 다르다. 고독(solitude)은 혼자 있지만 자신이 원하는 것이기 때문에 즐거운 상태이고, 고립(loneliness)은 말할 친구나 사람이 없어서 외로운 상태라고 한다. 이 미묘한 차이는 문화적 차이에서 나온 게 아닐까? 집단 문화가 발달한 사회에서는 소속감을 중요하게 여기고 혼자인 상태를 부정적으로 본다. 반면에 개인주의 문화가 발달한 사회는 혼자 있는 상태도 즐거움이라고 여긴다.

부모님과 함께 사는 비혼 지인은 부모님이 여행 가시면 휴가를 내곤 한다.

"부모님 없는 집에서 뭐 하려고요?"

"잔소리 안 듣고 늦게 일어나서 밀린 드라마 정주행하고, 배고프면 밥 먹고, 낮잠 한숨 자고 일어나서 또 드라마 보다 자요."

일부러 휴가까지 내며 하는 일이 하찮아서 싱거웠다. 나는 무슨 대답을 기대했을까? 지인이 갈망하는 휴가는 타인의 주목을 받는 시끌벅적한 이벤트가 아니다. 달콤한 고독을 홀짝이는 것이 바로 그가 원하는 것이다. 고독이 달콤한 맛이 나려면 조건이 있다. 지인의 경우처럼 스스로 원해야 한다. 나는 '혼자는 외롭다', '짝이 있어야 한다'는 말을 듣고 자랐고 지금도 여전히 듣고 있다. 우리는 혼자를 부정하고 '우리'를 기반으로 하는 문화에 세뇌되어 있다. 그 탓에 반려동물을 돌보며 집에서 주말을 보내는 싱글에게 보내는 시선도 유쾌하지만은 않다. 외로움을 '그런 식'으로 달랜다고 여긴다. 정작 고양이를 돌보며 혼자 사는 지인은 "주말에 집에 혼자 있을 때 제일 좋아요. 밀린 빨래가 돌아가는 동안 고양이와 노는 시간은 최고의 힐링 시간"이라고 말하는데도 말이다.

하지만 혼자만의 시간을 누릴 준비가 안 되었을 때는 고독과 고립의 경계가 허물어진다. 나는 대학 생활 내내 여행 동아리 친구들과 혈중 알코올 농도를 최대치로 올리는 데 열심이었다. 나는 소주를 마셔도 말짱한 '재능'을 발견했다. 그 재능을 열심히 갈고닦았더니 졸업이었다. 졸업 후에는 무용한 재능이었다. 이력서를 내는 곳마다 떨어졌고 어디로 가야 할지 몰랐다. 뒤늦게 일하고 싶은 회사가 원하는 인재가 되려고 노력했다. 몇 개월 동안 매일 수험서를 들고 도서관으로 출퇴근했지만 과연 내가 회사의 입맛에 맞는 인재가 될 수 있을지 확신이 없었다. 내 능력을 의심하며 이리저리 흔들렸다.

돌이켜 보면 어디에도 소속되지 않은 신분이 가장 견디기 힘들었다. 초등학교 입학할 때부터 내 정체성은 16년 동안 일관되게 학생이었다. 학교를 졸업하자 나를 소개할 말이 없어졌다. 매일 아침, 하루를 살아 낼 다짐이 필요했다. 두꺼운 수험서를 들고 도서관에 도착하면 가슴이 턱 막혔다. 이 시간이 얼마나 이어질지 아무도 몰랐다. 모두의 시간은 흐르는데 내 시간만 고여 있는 것 같았다. 도서관 밖에는 푸른 이파리들이 봄날의 눈부신 햇살을 받으며 반짝거렸다. 환하게 반짝거리는 세상에서 나 혼자 떨어져 있었다. 내가 속한 세계는 안개 짙은 밤이었다.

　몇 개월 동안 소속감에 대한 짙은 그리움에 허우적대다 결국 결과가 불투명한 취업 준비를 접고 그해 가을, 대학원에 진학했다. 학문에 대한 포부 따위가 있을 리 없었고 당시에는 그저 나를 설명해 줄 소속이 절실했다. 다시 학생이 되었고 안도했다. 이때 나는 홀로 설 준비가 전혀 안 된 상태에서 '고독'을 맞이해서 깊은 '고립감'에 빠졌다. 고립과 다르게 고독은 자발적이고 통제할 수 있어서 두려운 감정이 아니다. 오히려 친해지면 달콤하다. 반면에 나처럼 준비가 안 된 채 고독을 만나면 고립감으로 건너는 다리 위에서 두 다리를 휘청거리며 서 있게 된다.

　고독과 친구가 되고 고립은 멀리하는 게 좋지만, 고립과 친구로 지내야 할 때가 있다. 혼자 있는 시간과 다른 사람들과 어울리는 시간에 자신의 감정을 관찰하며 비율을 적절하게 조절해야 한다. 5 대 5 혹은 4 대 6이라는 누구에게나 적용되는 황금 비율이 있으면 좋겠지만, 안타깝게도 객관적 황금 비율은 없다. 감정은 지극히 주관적이어서 사람마다 다르기 때문이다.

나는 어릴 때 처음 보는 사람 앞에서는 한마디도 하지 않고 입을 꾹 다물 정도로 사교성이 없었다. 사회생활에서 살아남는 데 절대적으로 불리한 기질이다. 살아남으려면 다윈의 진화 이론대로 환경에 적응해야 했다. 깊숙한 곳에 묻혀 있는 사교성을 채굴해야 했다. 낯선 기질도 자꾸 꺼내서 쓰면 계발된다. 지금은 사람들과 어울리는 것이 에너지가 들지만 못 참을 정도는 아니다. 혼자 있는 시간도 물론 절대적으로 필요하다. 타인들 틈에 섞인 후에는 3일 정도는 혼자 있는 '고독 타임'이 절실하다. 그 반대도 마찬가지다. 3일 정도 고독을 누리면 달콤함은 사라지고 답답증이 찾아온다. 그럴 때는 문을 열고 밖으로 나가 다른 사람의 존재를 확인해야 에너지가 차오른다. 이 데이터는 내 에너지의 흐름을 꽤 오랫동안 관찰한 후에 얻어 낸 경험값이다. 내가 가진 에너지 흐름을 먼저 주의 깊게 관찰하고 자기에게 맞는 황금 비율을 찾아내면 고독과 고립 사이에 놓인 다리를 오갈 수 있다.

　사람들과 관계를 맺고 가꾸는 것은 활력인 동시에 자아를 취약하게 만든다. 다른 사람과 어울릴 때 자연스러운 자아를 억압하고, 사회적 자아를 내밀기 때문이다. 사회적 자아와 보내는 시간이 길어지면 고독과 친구가 될 기회를 잃어버린다. 그 결과 혼자 있는 상태를 불안정한 상태로 받아들이게 된다. 고독과 고립은 한 끗 차이다. 둘 사이에서 줄 타는 능력을 계발하는 것을 귀찮아하면 안 된다.

비혼에게 필요한 명품

트레킹을 막 시작했을 때만 해도 등산복과 이런저런 장비를 사들이게 될 줄 전혀 몰랐다. 걷기 운동이니 발이 편한 적당한 트레킹화만 있으면 되는 줄 알았다. 하지만 산길은 평지와 달리 길이 울퉁불퉁하고 흙 속에 잔돌이 숨어 있어 미끄러지지 않도록 제대로 된 등산화를 갖춰야 한다. 첫 번째 등산화는 기능보다 모양을 보고 샀다. 등산화답지 않게 날렵해서 투박한 등산화 사이에서 튀었다. 트레킹 친구들은 내 신발을 내려다보며 발을 보호하려면 밑창이 두툼해야 한다고 한마디씩 조언했다. 두 번째 등산화는 가볍고 발목까지 오는 평범한 등산화로 모두의 조건을 만족시켰지만 정작 내 발을 만족시키지 못했다. 등산화는 한두 치수 크게 신어야 하는 걸 몰랐다. 사계절 내내 엄지발톱에 멍을 달고 지낸 후에야 세 번째 등산화를 만났고, 마침내 안착했다.

높은 산에는 잘 가지 않는 편이지만 친구들이 좋아서 따라나설 때가 가끔 있다. 고도가 높은 산에서는 날씨 예보가 안 맞을 때가 종종 있다. 예보는 맑음이었지만 막상 산 정상이 가까워지니 비바람이 몰아쳐 조난 당할 뻔한 적이 있다. 비바람에 전혀 대비하지 않았던 터라 젖은 옷과 신발은 체온을 떨어뜨린다. 산에서 저체온증에 걸리면 나만 위험한 게 아니라 함께 간 친구들도 위험에 빠진다. 다들 자기 몫의 묵직한 배낭을 하나씩 메고 있어서 내 몸은 내가 챙기는 것이 트레킹 예절이다. 변덕스러운 산 날씨에 대비해서 기능성 재킷 하나도 장만해야 했다. 비바람과 추위를 두루두루 막는데 고어텍스 재킷만 한 것이 없었다. 고어텍스 재킷은 높은 산에서 예상치 못한 날씨에는 유용하지만 낮은 산이나 둘레길에서는 별로 쓸모가 없었다. 둘레길에서 입을 가벼운 방풍 재킷도 필요했다. 재킷뿐만 아니라 장갑, 티셔츠, 바지, 모자 등도 계절별로 준비해야 했다. 트레킹을 시작한 첫해에 계절이 바뀔 때마다 등산복을 샀다. 추위와 더위, 바람, 햇볕으로부터 몸을 보호하려는 소소한 장비가 하나둘씩 늘었다.

걷기 운동을 하려면 튼튼한 두 다리와 폐활량만 좋으면 되는 줄 알았는데 뜻밖에도 준비물이 많았다. 발가락 사이에 마찰을 줄여서 물집이 잡히지 않도록 도와주는 양말, 땀을 흡수하는 기능성 옷, 무릎에 가해지는 충격을 줄여 줄 등산 스틱과 무릎 보호대 등등. 단순한 걷기 운동에 슬금슬금 장비발을 세울 거라고 상상도 못 했다. 나도 모르는 사이에 옷장에 등산복이 늘어났고 서랍 하나에 등산 용품이 가득 찼다.

등산복은 다 비슷비슷해 보여서 거기서 거기라고 생각했는데 나의 착각이었다. 아웃도어 용품 세계에도 수입 명품이 있다는 사실에 점점 눈을 떴다. 한국의 많은 산악인과 트레커가 떠받치고 있는 수입 명품 양대 산맥이 있다. 다양한 색감을 뽐내며 한국인이 선호하는 디자인으로 인기를 끄는 캐나다 브랜드와 친환경을 지향하는 스웨덴 브랜드다. 두 회사에서 만든 셔츠 한 벌 가격은 수십만 원이고, 백만 원에 가까운 재킷도 있다. 처음에는 그렇게 고가인지도 몰랐다. 어느 순간 '명품' 등산복은 물론 모자와 가방 같은 소품 하나쯤 안 가진 사람을 보기 힘들어졌다. 등산 용품에 보이지 않는 은근한 위계가 생겼다.

수입 명품 브랜드 등산복을 입고 싶은 욕망이 희미한 나는 이런 이야기가 나오면 할 말이 없다. 날씨가 변덕스러운 히말라야나 에베레스트 같은 높은 산에 가는 것도 아니고 서울이나 경기 둘레길을 걷거나 고작해야 등산로 정비가 잘 된 국립공원에 간다. 바람만 잘 막아 주고, 더울 때 땀 흡수만 잘 되면 그만이라고 생각한다. 하지만 주변인에게 나의 은밀한 주장을 펼치지는 않는다. 사람에게는 저마다의 기쁨이 있기 마련이다. 나와 다른 기쁨을 찾는다고 그 기쁨에 굳이 찬물을 끼얹을 필요는 없으니까.

어느 날 집 근처 아웃렛 몰에 갔다가 처음 보는 브랜드의 등산복이 헐값에 팔리는 것을 보았다. 독특하면서 예쁘기까지 한 간절기 방풍 재킷이 2만 원이었다. 안 살 수 없었다. '사는 것이 무조건 남는 것'이라는 정신을 실천했다. 나중에 알고 봤더니 국내 유명 아웃도어 브랜드에서 야심 차게 준비했던 청년 감성의 아웃도어 브랜드였다. 청년 감성을 겨냥한 탓인지, 브랜드 인지도 탓인지 알 수 없지만 아무튼 망했다고 한다. 재킷 자체는 흠 하나 없었다. 2만 원으로 잡은 행운에 기분이 좋아 재킷을 입고 안양에 있는 수리산 둘레길에 갔다. 트레킹 친구 중 '명품'을 갖지 않은 사람은 A와 나뿐이었다. 하다못해 명품 브랜드 로고가 박힌 모자라도 썼다. A와 나란히 걸으며 대화를 주고받았다.

"명품을 하나도 갖지 않으니 나만 튀어서 소외감 느껴요."

"다 비슷해 보이는데 혼자 유니크해서 얼마나 좋아요."

나는 가슴을 펴고 그에게 2만 원짜리 재킷을 자랑했다. A의 귀에 2만 원짜리 재킷 이야기가 들릴 리 없었지만 말이다.

관계 중심의 집단 문화에서 등산복과 등산 장비는 그 집단으로 들어가는 패스로 여겨진다. 다른 기호를 가졌을 때 집단 밖에 있다고 여겨 멋쩍어 한다. 소비는 소속감이나 자아 정체성을 드러내고 싶은 욕구와 밀접하게 연결된다. 다수가 선호하는 기호에서 내 정체성을 찾게 되면 스스로 '미운 오리 새끼'가 되기 쉽다. 동화의 결말이 전하는 메시지를 명확히 알더라도 내 삶에 그 메시지를 적용하기는 쉽지 않다. 우리는 유행과 소속감을 동일시하고, 정체성을 소속감에서 찾으려는 문화에서 살기 때문이다. 하지만 옷은 옷일 뿐이고 장비는 장비일 뿐이다. 명품 등산복을 입는다고 해서 산에 오르는 데 필요한 다리 힘과 근육이 생기지 않는다. 몸을 직접 움직여 많이 걸어야 근육이 생기고, 오솔길에서 만난 나무와 꽃을 감상하는 감성은 땀 흘리며 직접 걸을 때 생긴다. 산에서는 장비발을 세울 때가 아니라 내 몸을 내 마음대로 쓸 수 있을 때 자신감이 생긴다. 시간을 쏟아 지속하는 과정에서 나만의 것, 나만의 시선이 있을 때 당당해진다.

비혼으로 사는 것도 산에 오르는 것과 비슷하다. 비혼으로 사는 것은 사람들과 다른 옷을 입고 인생의 언덕을 걸어 올라가는 셈이다. 달라서 눈치 보지 않으려면 '나만의 것'을 발견하려는 마음 훈련이 필요하다. 가족중심주의 사회가 제시한 옷을 입지 않더라도 괜찮다. 오히려 나만의 무늬가 담긴 옷을 입고, 가슴을 쭉 펴고 걸을 때 유행과 다른 방향으로 노를 저어도 즐길 수 있다. 자신감은 증명하려고 안달할 때 생기는 것이 아니다. 가만히 있어도 다른 사람들이 오라(aura)를 느낄 때 진짜다. 가만히 있어도 발산되는 자신감이야말로 혼자 살아가는 데 유용한 명품 장비다. 호수에서 우아하게 유영하는 백조가 '여기 좀 봐! 나는 백조야'라고 목청 높여 꽥꽥거릴 필요 없듯이 말이다.

남편 말고 내 편 만드는 법

"결혼 안 했어요. 한 번도."

시대가 바뀌었어도 '한 번도'라는 말을 덧붙여야 할 때가 있다. 이렇게 비혼이라고 밝히면 부럽다는 말을 종종 듣는다. 여기서 '부럽다'는 가지 않은 길에 대한 호기심이지 그 이상도 그 이하도 아닐 것이다. '아이슬란드 여행 다녀왔어요' 하면 '부럽네요' 하고 자동 반응하듯이 말이다. 물론 결혼 안 한 이유를 묻고 훈계하지 않는 사람을 만나는 것만으로도 시대 변화를 체감한 적도 많다. 비혼에 대한 시선은 지구가 매일 자전해서 새날이 오고 새해가 오는 것처럼 더디지만 조금씩 바뀌고 있다.

어느 날 결혼 정보 회사에 입사한 지인이 나에게 가입을 권유한 적이 있다. 영업이라는 순수한 목적 때문은 아니었다. 그는 그저 '정상 가족 이데올로기'를 뼛속까지 내면화해서 남편이 없는 나를 '구출해 줄' 기회라서 신이 난 것처럼 보였다. 주변의 나이 든 싱글을 구원할 메시아라도 된 것 같았다. 나는 그의 제안을 단칼에 거절했다. 결혼 시장에는 가정을 이루겠다는 명확한 목적을 품은 이들이 나온다. 자신과 가정을 이룰 만한 조건을 갖추었는지, 가정을 잘 꾸려갈 사람인지 탐색할 전략을 가지고 무대에 나선다. 선수인 동시에 서로 가진 패를 보는 심사위원이 된다. 나는 결혼을 대전제로 마음을 탐색하는 만남에 관심이 없다. 먼저 마음과 마음이 이어진 후에 결혼 제도가 자연스럽게 개입해야 한다고 생각한다. 먼저 조건에 맞춰 가정을 이루고 정을 쌓는 것은 나와 맞지 않는 방법이다. 나는 어쩌면 대책 없는 낭만주의자일지도 모르겠다.

그는 "결혼 안 한 사람은 아무리 나이를 먹어도 애"라는 낡은 말을 했다. 그는 배우자 없이 혼자 사는 삶은 결핍이라고 굳게 믿었다. 그는 자신의 믿음에 두 발을 단단히 딛고 한 발자국도 움직일 생각이 없었다. 20년이 넘는 결혼 생활 동안 배우자와 정서적으로 교감하지 못해 상처받고 외로웠던 마음을 토로하면서도 말이다. 그의 머릿속에는 '정상 가족관'의 뿌리가 튼튼하게 자리 잡고 있었다. 그 뿌리는 삶이 만족스럽지 않더라도 가정을 지켜 내는 인내의 원천이었다. 오히려 인내가 기쁨이라고 설득했다. 그는 자신이 옳다고 믿는 삶의 방식을 강요하는 것이 무례할 수 있다고 생각하지 못했다.

나는 어쩌면 결혼을 지나치게 신성하게 보는지도 모른다. 남녀가 자연스럽게 만나서 꽁냥꽁냥하다 다투기도 하고, 다툼을 헤쳐 나가면서 정도 들고 사랑도 쌓인다고 믿는다. 시간이 차곡차곡 쌓여 헤어지기 싫어서 결혼하는 서사를 자연스럽고 아름다운 엔딩으로 생각한다. 이런 추상적 생각은 결혼 제도와 어울리지 않는다. 한 소설가가 결혼한 이유를 곱씹으며 적은 글이 있다. 남편과 거리를 걸으면 안전하게 느끼고, 둘이라면 혼자서는 살 수 없는 안전한 아파트에서 살 수 있어서 결혼한 건 아닐까 하고 슬그머니 고백 아닌 고백 쓴 글을 읽은 적이 있다. 실용적이고 명쾌한 이유가 없으면 결혼은 사랑이라는 추상적 감정만으로 감당하기 거추장스러운 것이 아닐까?

아무리 불같이 강렬하게 타올랐던 사랑의 감정도 시간이 흐르면 사그라들고, 그 자리에 다른 종류의 감정이 자리 잡는다. 같은 시대를 살면서 비슷한 희로애락을 겪는 동지애 같은 잔잔한 사랑이야말로 '내 편'으로 남는 결말이 아닐까?

살아가면서 '같은 편', '내 편'이라고 느낄 수 있는 사람은 꼭 필요하다. 동지애는 연인이나 배우자에게서만 느낄 수 있을까? 사고 회로와 감성의 결이 같은 동성이 오히려 내 편으로 더 적절할지도 모른다. 다만 우리에게는 롤모델이 별로 없어서 상상할 기회가 없을 뿐이다. 황선우 작가와 김하나 작가가 쓴《여자 둘이 살고 있습니다》는 그런 점에서 반갑니다. 두 사람은 이성애를 기반으로 하는 전통적 가족 개념을 전복한다. 생각해 본 적 없는 새로운 가족 모델을 제시한다. 두 여자와 고양이 네 마리가 가족이 되는 '조립식 가족'을 이루는 과정을 이야기한다. 서로 다른 취향을 가진 두 여자가 우정을 나누다 쾌적한 주거를 이루려고 함께 산다. 고양이 집사로 동거하면서 서로 다른 성격에 경악하고 다투고 화해하는 보통 가족 풍경이다. 여러 에피소드 중 두 사람이 서로의 편인 게 확실한 장면이 기억난다. 황선우 작가가 새 직장으로 첫 출근하는 날에 긴장을 풀어 주기 위해 김하나 작가가 아침에 데려다주는 장면이 있다. 이보다 든든하고 섬세한 내 편이 어디 있을까?

낯선 상황에 빠져 확신이 없어서 이리저리 흔들릴 때가 있다. 이때 절대적 지지를 보내 주는 '내 편'으로 여길 만한 사람은 꼭 있어야 한다. 어릴 때는 부모님이었고, 성인이 되어 독립한 후에는 부모님 이외의 사람이다. 남편은 '남의 편'이라는 우스갯소리도 있듯이 결혼 제도로만 내 편을 만들 수 있다고 생각하면 곤란하다. 아끼는 마음을 주고받는 데 필요한 것은 결혼 제도가 아니라 상대에 대한 존중과 신뢰와 관심이다. 내 편은 저절로 얻을 수 없다. 아끼는 사람을 위해 무리하지 않아서 내 편이 없는 거지 배우자가 없어서 내 편이 없는 게 아니다. 내 편이 반드시 이성 배우자여야 한다는 낡은 생각은 구겨서 저 멀리 던져 버리면 좋겠다.

노인이 되면 외롭고 슬플 것 같아요

"노인이 되면 외롭고 슬플 것 같아요."

한 온라인 커뮤니티에 올라온 글 제목이다.

"뭐가 필요할까요? 돈이 있으면 되나요?"

글을 올린 사람이 질문하자 댓글이 달렸다.

"돈 있어도 소용없어요. 자식 잘 키워도 자식이 멀리 있고, 남편이 먼저 가니 혼자 병원 다니고 외로워요."

"소소하게 일상에서 가깝게 지낼 친구나 지인이 많이 필요하더라고요."

2020년에 팔순의 아버지는 통신사가 서비스를 중단하는 바람에 시대의 거대한 물결을 따라 2G 폰을 폴더형 스마트폰으로 바꾸셨다. 터치형을 원하셨던 터라 폴더폰을 마뜩잖아 하는 아버지의 기분을 풀어 드리고 싶었다.

"아빠 핸드폰 좋네. 눌러도 되고 터치도 되고. 우리 꺼는 터치만 되는데. 진짜 좋네."

아버지의 입꼬리가 슬며시 올라갔다.

"똑같은 거야? 송 씨는 사진도 보내고 그래. 사진은 어떻게 보내?"

"사진 보내고 싶으세요? 자, 카메라는 여기 있으니까 이렇게 찍으면 돼요."

아버지와 셀피를 찍었다. 폼생폼사인 아버지는 티셔츠 차림에 모자도 안 쓴 민낯을 찍었다고 얼른 지우라고 하셨다. 그 사이에 당신도 모른 채 카메라 버튼을 눌러서 찍은 손가락 사진과 동영상 여러 개가 갤러리에 저장되어 있었다. 나도 모르게 빵 하고 웃음이 터졌다. 사진 찍는 법을 알려 드린 후 문자 보내는 법도 알려 드렸지만, 귀도 어둡고 눈도 침침하신 터라 컴퓨터 사용법만큼 어려워 보였다.

"그거 하나 하는데 뭐가 힘들어."

나는 목소리를 높였다. 천지인 한글 글자판 사용법을 반복해서 알려 드리면서 답답함이 목소리에 실렸다.

"니가 옆에 있으니까 잘 안돼."

아버지의 말에 주방으로 자리를 옮겼다. 내가 자리를 뜨자마자 아버지는 핸드폰을 닫고 돋보기를 벗으시더니 거실 바닥에 등을 대고 누워버리셨다. 그러고는 팔과 다리를 교대로 올리며 스트레칭을 하셨다. 마치 엄마에게 억지로 잡혀서 받아쓰기하다가 엄마가 잠시 자리를 비운 사이 딴짓하는 초등학생을 보는 것 같아서 웃음이 났다. 스마트폰으로 음악도 듣고 싶고 사진도 보내고 싶지만, 현실은 귀도 어둡고 설명도 금방 이해할 수 없고 이해했더라도 곧 잊는 팔순이다. 아버지는 처음부터 잘하는 사람이 어디 있냐며 지인들의 사연을 늘어놓으셨다. 무언가를 잘못 눌러 전화번호를 다 삭제한 친구부터 무슨 말인지 알 수 없게 오타 대잔치로 문자를 보내는 친구, 핸드폰을 곧 잘 만지게 되어서 좋아하는 음악을 듣는 친구, 멋진 사진으로 연하장을 만들어 보내는 친구까지 지인들의 스마트폰 적응기를 잔뜩 들려주셨다.

내가 아무리 상상력을 발휘해도 사람 목소리가 아득하게 들리는 세계에서 사는 것이 어떤 기분인지 가늠할 수 없다. "엄마 어디 갔어?" 하고 물으시면 "시장이요"라고 대답한다. 그러면 "이

모네 갔어?"하고 되물으신다. 아버지와 대화하려면 목청을 높이는 것은 기본이고 동문서답으로 이어진다. 그래서 중요한 일이 아니면 아버지의 질문에 "네."하고 긍정해 버림으로써 대화를 얼버무린다. 불행히도 아버지는 호기심 대마왕이라 상황이 벌어지면 세세한 과정을 알고 싶어 하신다. 하지만 매번 목청을 높여 설명하기 귀찮아서 사소한 질문에는 침묵으로 답하거나 건성으로 대답하곤 한다. 아버지는 오히려 나 때문에 외로우실 것이다. 이해심이 넉넉하고 살가운 딸이 되고 싶지만, 막상 어떤 상황이 일어나면 아버지의 감정을 헤아리는 것은 뒷전이 된다.

아버지와 나의 관계에서 보면 자식은 크게 도움이 되지 않을지도 모른다. 오히려 노인의 마음은 노인이 잘 안다. 신체적, 정신적 노화를 공유하고 공감할 또래 말이다. 십 대는 주로 학교에서 시간을 보낸다. 학교는 단순히 지식을 배우는 장소가 아니다. 또래 집단이 모여 또래 문화를 배우는 곳이다. 자연스럽게 집단 문화, 소속감, 연대감, 친밀감을 형성한다. 노인도 십 대만큼 또래 집단에 소속감과 연대감이 필요하다. 하지만 직장에서 은퇴한 후에 그 기회가 현저하게 줄어든다. 또래 집단에서 느끼는 연대감을 쌓는 일이 전적으로 개인의 몫으로 남겨진다. 비혼, 결혼, 이혼 등 삶의 방식은 선택할 수 있지만 노인이 되는 것은 선택할 수 있는 문제가 아니다.

고령화 사회에서 노인을 돌봄 대상으로만 보는 것은 옳지 않다. 노인에게도 노인만의 문화가 있다. 노인의 관심사가 청년이나 중년과 같을 수 없다. 아버지가 지인들과 전화하는 내용은 무릎 관절을 수술했는데 어떻더라, 보청기는 어디가 좋더라, 통증 주사는 무슨 병원이 잘 놓더라 등 노화로 인한 신체적 불편함에 대한 정보와 공감이다. 나는 까칠한 딸이라 부모님의 신체 노화에 살뜰히 공감하지 못한다. 귀 기울일 인내심도 없다. 병원에 가서 치료받아야 하는 병이 아니라면 '늙으면 아프기 마련이지' 하며 인정머리 없는 생각을 하곤 한다. 부모님이 가끔 노화에 대한 감정적 공감을 호소하시는 것을 알아도 적절한 병원을 찾아 모시고 가는 데서 그친다.

우리는 노인이 어떤 몸과 마음으로 살아가는지 결코 알지 못한다. 한 철학자는 우리는 태어날 때부터 죽음을 향해 달려가고 있다고 말했다. 온라인 커뮤니티 댓글에서 알 수 있듯이 노인이 되었을 때 신체적, 정신적으로 마주할 잠재적 문제는 결혼 경험

유무와는 무관하다. 결혼해서 혼자 죽을까 봐 걱정하는 사람은 없는데 비혼은 왜 혼자 죽어 갈까 봐 걱정할까? 결혼한 부부도 한날한시에 함께 죽지 않는다. 배우자 중 한 사람이 먼저 세상을 떠나서 결국 남겨진 배우자 혼자 죽음을 맞이하는 게 일반적이다. 그럼 우리가 두려워하는 것은 무엇일까? 다른 사람의 돌봄이나 요양원 같은 시설에 의존하는 것, 그리고 스스로를 돌보는 독립성을 상실하는 것이 아닐까? 혼자 살게 될 노년은 현재 내 모습과 크게 다르지 않을 것 같다. 내가 나를 돌보고, 적절한 기관이나 시설의 도움도 적극적으로 받을 것이다. 또 지금처럼 같이 늙어가는 친구들을 만나서 노화에 대해 공감을 주고받을 것이다. 구체적으로 그림을 그리니 오히려 불안이 옅어진다.

Chapter 4

지속 가능한
비혼 생활을 위해

수입과 지출의 균형에 눈뜨기

직장 생활을 했던 삼십 대 때 가장 큰 자산은 젊음이었다. 덕분에 월급을 마음 놓고 탕진했다. 하고 싶은 것을 하고, 가고 싶은 곳에 다녀오고, 배우고 싶은 것이 있으면 망설이지 않았다. 돌이켜 보면 젊음 한 귀퉁이를 바쳐 얻은 실물 화폐를 마음이 쏠리는 경험 자산과 바꾸었다. 시간을 탕진하려고 태어난 사람처럼 거칠게 시간을 보내던 어느 날, 대학 동아리 동기 모임에 갔다. 평소처럼 술잔을 기울이며 웃다가 '집' 이야기가 나왔다. 모인 친구 중 나 혼자 비혼이었고 집이 없었다. 오랜만에 만나 시끌벅적하게 술잔을 비운 후 기분 좋게 취기가 오른 한 친구가 웃으며 내게 농담을 건넸다.

"집도 없고, 남편도 없고, 나이만 많네."

친구가 고의적 악의를 담아서 한 말이 아니라 나도 맞장구를 치며 깔깔거렸다. 하지만 팩트에 기반한 친구의 농담은 며칠이 지나도 머릿속에서 지워지지 않았다. 그 이유를 곰곰이 생각했다. 소비 사회, 특히 한국 사회에서 집은 단순한 주거지가 아니었다. 집이 경제적 능력에 대한 기표라는 것을 나는 잊고 있었다. 부모님과 살아서 나에게 집은 잠만 자는 곳이었고, 휴일에는 집 밖에서 보내는 날이 많았다. 나는 집주인이 되는 것보다 다른 것에 더 관심을 가졌을 뿐인데 친구들은 나와 다른 선에 서 있었다. 주변을 둘러보았다. 직장에서 결혼한 또래 동료들도 거의 집을 샀다. 몇 년 상환으로 대출받았고, 얼마나 일하면 대출을 갚을 수 있을지 수입과 대출의 함숫값을 꿰고 있었다. 동료들의 이야기는 한 귀로 흘려들었지만 나와 한 시절을 보낸 친구들 이야기는 흘려들을 수 없었다.

나는 왜 '내 집'에 관심이 없었을까? 일단 라이프 스타일이 달랐다. 나는 수입과 지출의 대차 대조표를 가늠한 적이 없었다. '모든 지출은 수입 한도 내에서'라는 대원칙만 있었다. 욜로는 아니었지만, 온전히 나에게 집중된 소비야말로 힘든 노동에 대한 보상이었다. 이는 내가 나를 돌보는 방식이었다. 집 장만은 화성 탐

사처럼 머나먼 이야기였다.

　반면에 독립이나 결혼은 주거 안정과 자산에 대해 눈을 뜨게 되는 분기점이다. 친구들이나 동료들은 수입과 지출의 규모를 설정하고, 감당할 수 있는 주택 담보 대출을 결심하고 실행했다. 독립이나 결혼은 전세든 월세든 자가든 집 구하기에서 시작한다. 다시 말해 주택 시장 최전선에 뛰어들 수밖에 없는 환경에 던져진다. 2년마다 전월세 계약 만기가 돌아오면 예산에 맞는 집을 찾는 일이 즐거운 사람이 있을까? 이런 상황은 주거 불안정을 뼛속까지 느끼게 만들어 주거 안정을 우선순위에 둘 수밖에 없다.

　젊음은 시장이 원하는 노동력을 제공할 수 있다는 말이고, 영원할 것만 같던 젊음이라는 자산은 야금야금 줄어든다. 나이 들면서 내 노동력의 가치가 떨어지고, 이는 안정적 수입이 없어질 위험에 노출되기 쉬워진다는 말이다. 나에게도 1인분의 가계 경제를 돌볼 이유가 다급한 때가 왔다. 이 인식은 내 소비 패턴을 바꾸는 데 영향을 끼쳤다. '돈을 모으려면 아껴야 한다'는 진리는 닳고 닳은 말이라 콧방귀를 뀌었지만 필요하면 와락 다가온다. 불필요한 지출을 줄이는 것이 버는 것보다 더 중요하다. 기본이

가장 힘이 센 법이다. 나는 0이 십만 원 단위만 넘어가도 잘 못 읽는 숫자 바보라서 웃지 못할 실수를 종종 한다. 숫자 바보가 수입과 지출 계획을 세우는 것은 이제 막 한글을 뗀 8살짜리가 장편소설 한 편을 쓰겠다고 결심하는 것과 비슷하다.

통 크게 몇억씩 대출받아서 집을 지르려면 담력이 남다르거나 절실한 계기가 있어야 한다. 물론 집값에 비해 모은 돈이 터무니없이 적어서 집 장만은 엄두도 못 내고 있을 수도, 타고난 담력으로 은행 대출 창구로 돌진했지만 조건이 맞지 않아 대출 심사에서 탈락할 수도 있다. 주거 안정은 여러모로 계획만으로 진행되기 쉽지 않다. 주거가 안정되지 않으면 삶 자체가 불안하다. 가장 기본적인 생활 조건이지만 충족시키기에 가장 까다롭다. 사람마다 경제적 상황이 달라서 주거 안정을 이루는 시기와 방법도 다를 수밖에 없다. 살면서 가장 큰돈을 쓰는 시기는 집을 살 때와 집을 꾸밀 때라고 한다. 아무리 수입이 안정적이어도 몇 억씩 대출받아서 집을 덜컥 지르는 일은 반려자를 고르는 일만큼 신중할 수밖에 없다. 내 머릿속에는 집 담보 대출은 빚이라는 빨간불이 항상 깜빡거렸다. 주택 담보 대출금을 갚느라 허리띠 졸라매며 누리고 싶은 것을 포기하고 싶지 않았다.

나이 들면 혼인으로 이루어진 이성애를 기반으로 하는 가족 공동체의 장점에 왜 더 솔깃할까? 수입과 지출의 균형에 눈뜨는 일부터 주거 안정을 이루고 노후 돌봄까지 모두 가족 공동체에 맡겨졌기 때문이다. 수입과 지출에 눈뜨는 데 비혼은 상대적으로 늦다. 다양한 주거 형태와 돌봄 모델을 보는 것만으로도 1인분의 가계 경제 계획의 방향을 잡을 수 있다. 수입과 지출에 눈을 뜨되 다양한 주거 공동체 모델 이야기가 절실하다.

독일의 심리학자이자 기업 컨설턴트인 요하네스 퇴네센이 뜻이 맞는 사람들끼리 조합 형태로 만든 새로운 주거 형태를 실험 중이라는 기사를 읽었다. 여러 세대가 함께 사는 주택을 건설해서 23가구가 모여 살고, 주민 나이는 1살에서 90살까지 다양하다고 한다. 이들은 한국에서 아파트가 주거 형태를 평정하기 전에 있었던 이웃 공동체처럼 산다. 각자 자기 집에서 살면서 일상을 서로 느슨하게 공유한다. 이웃과 어울리며 돌봄이 필요할 때 서로 도와준다. 이상적인 주거 형태이지만 한국에서도 적용할 수 있을지는 미지수다. 과연 이 주거 형태를 내 인생의 모델로 가져올 수 있을까?

또 하나의 모델은 전주에 '비비'(비혼들의 비행)라는 비혼 여성 생활 공동체다. 따로 살되 필요할 때 도움을 주는 관계를 지향한다. 처음부터 계획했던 것은 아니며 비혼 여성이 한두 명씩 같은 아파트로 이사하면서 자연스럽게 '무리'가 만들어져 현재의 공동체로 이어졌다고 한다. 독일의 실험 주택과 달리 비혼 여성이란 특징이 눈에 띈다. 주거 안정을 꾀하고, 생활 공동체가 아플 때 서로 챙겨 주고, 독서 모임도 하고 여행도 같이 간다. 흩어져 살되 필요하면 모이는 공동체다. 혈연도 아니고 가족도 아닌 이웃 공동체의 장점이다.

우리에게는 더 다양한 이웃 공동체 모델이 필요하다. 더 많은 이웃 공동체가 생겨서 꿈꿀 수 있는 선택지가 많아졌으면 좋겠다. 동네마다 혼인이나 혈연으로 이루어진 가족이 아니더라도 이웃끼리 소규모 생활 공동체를 이루었으면 좋겠다. 흩어져 살되 필요하면 모여서 가끔 함께 밥 먹고 운동하고, 슬리퍼 신고 만나서 맥주 한잔하고 들어오며 안부를 챙겨 주는 동네 공동체 말이다. 결혼이나 성별이 아니라 '1인분'에 방점을 찍고, 가계 경제 고민도 나누고 노후 계획도 공유할 수 있는 주거 모델을 꿈꾸면 욕심일까?

가장 중요한 투자는 나 테크

7급 공무원을 그만두고 프리랜서의 길로 접어든 사람을 만난 적이 있다. 많은 청년이 젊음을 쏟아 얻고 싶어하는 자리 공무원, 그것도 7급을 그만두었다.

"남편이 있으니까 그만둘 수 있었겠죠."

"아니, 남편이 있으면 왜 먹고살 걱정이 없다고 생각하는 거 죠?"

반문을 받는 순간 흠칫했다. 그가 철밥통을 박차고 나올 수 있었던 것은 남편의 든든한 수입 덕분이라고 내 마음대로 짐작해 버렸다. 배우자는 경제적으로 비빌 언덕이라는 내 무의식을 마주했다. 내 짐작과 달리 그의 남편도 프리랜서였다.

"남편이 직장을 나온다고 했을 때 속으로는 남편은 따박따박

월급이 나오는 직장에 그대로 있기를 바랐어요. 하지만 하고 싶은 것을 못 하게 막을 수는 없었어요."

순간 그가 진짜 어른처럼 보였다. 곁에 있는 사람에게 자기 몫의 짐을 떠넘기고 싶은 유혹을 물리쳤으니까. 이 부부는 안정적수입에 묶였던 목줄을 끊고 하고 싶은 일을 하면서 살기로 했다. 부부는 배우자에 기대어 혼자보다 생계 부담이 덜할 거라는 근거없는 생각이 부끄러웠다.

"매일 아침 출근하려고 똑같은 시간에 일어나지 않는 것만으로 너무 행복해요." 그는 유쾌하게 웃으며 말했다.

성별이나 결혼 유무에 상관없이 어른은 자신을 부양할 책임이 있다. 경제적 자립을 빼놓고 자신을 돌보는 이야기를 할 수 없다. 역사적으로 남성이 사회에서 우월한 위치를 점유할 수 있었던 이유도 경제권 덕분이다. 영국의 작가 버지니아 울프는 이 사실을 일찌감치 인식했다. 그의 에세이 《자기만의 방》에서 고정된 수입은 사람의 기질을 엄청나게 변화시킨다고 말한다. 음식과 집, 옷을 얻을 수 있는 안정된 수입이 있으면 아무도 미워할 필요가 없으며 자신을 보호할 수 있으므로 아부할 필요도 없으니 다른 성을 대하는 태도도 달라진다고 말이다. 버지니아 울프는 큰돈은 아니었지만 유산 상속으로 고정 수입이 생기면서 글쓰기에 집중할 수 있었다. 금수저 언니라고 단순히 생각하지 말자. 울프가 살았던 빅토리아 시대에는 여성이 할 수 있는 일이 별로 없었다. 일을 한다고 해도 가정 교사, 가사 도우미 정도였다. 여성 화가나 작가도 남성 이름으로 활동하던 척박한 시대였다.

그때와 비교하면 현재는 상황이 많이 달라졌다. 남성과 여성이 동등하게 교육받고, 사회 참여와 경제 활동 영역도 늘어났다. 여성이라고 숨길 이유도 없어졌다. 하지만 버지니아 울프가 살았던 시대와는 다른 어려움이 있다. 취업도 어렵고, 취업하더라도 한 직장에서 정년까지 채우려면 백팔번뇌를 이겨내야 한다. 퇴직 후에는 백 세 시대를 살 준비를 해야 한다. 출구 없는 인생의 뫼비우스 띠에 빠져 자다가도 벌떡 일어나야 할 것만 같다. 이럴 때일수록 자신을 다독이고 이성적으로 생각할 필요가 있다.

월급을 받는 동안에는 안정적인 경제 상황을 이어갈 수 있다. 수입을 알 수 있으니 지출을 통제할 수 있다. 하지만 이마저도 AI가 모든 직군을 위협하는 시대라서 월급 노동자의 운명은 어떻게 바뀔지 모른다. 과거에 위험한 일이나 단순 노동은 이미 로봇이 대신하고 있다. 단순노동만이 아니라 은행원, 변호사 심지어 기자와 작가조차도 사라질 예정이다. 내가 대학을 졸업할 때만 해도 안정적 직업군이 사라지고 있다. 인간의 노동력은 물론 사고력마저 대신하는 다양한 로봇이 개발되면서 이제 어떤 직업도 안정적이지 않다.

본캐와 부캐란 유행어에는 직업 불안정성이 고스란히 반영되어 있다. 당장 직장을 그만둬도 생계를 이어갈 수 있는 파이프라인을 만들라고 몰아붙인다. 빠르게 변하는 기술 속도를 따라가기 멀미 난다. 그렇다고 뼛속까지 문과인 내가 다시 공부해서 엔지니어가 될 수도 없는 노릇이다. 이런 이유로 점점 더 많은 사람들이 주식이나 코인에 뛰어들고 있지만 오직 소수만이 투자에 성공한다. 주식이나 코인 투자는 우주 탐험 같다.

숫자 바보인 나에게 가장 수익성 좋은 재테크는 '나에게 투자하는 것'이다. 바라보는 관점에 따라 추상적일 수도 있고 구체적일 수도 있다. 다니던 직장을 그만두고 자신의 가치를 높이는 데 돌진하는 방법은 위험률이 높다. 가령 상위 1%의 유튜버가 되기 위해 하던 일을 접고 불나방처럼 뛰어들면 날개가 찢어지고 만다. 원하던 결과가 나오지 않아도 원래 위치로 돌아갈 곳이 있다면 다행인데 그렇지 않으면 일상이 송두리째 흔들릴 것이다. 대박을 상상하며 뛰어든다면 머지않아 초조함이 영혼을 잠식할 것이다. 다니던 직장에 그대로 다니면서 '좋은 때'를 엿보는 것도 좋은 구체적 방법이라고 할 수 있다. '누구에게나 기회가 온다고 믿고, 기회가 왔을 때 잡으려면 준비해야 한다'는 말을 믿는다. 진리는 원래 모두 아는 말이고, 그 힘은 믿는 사람에게만 나타난다.

인생은 한 방이 아니라 '가늘고 길게' 가야 한다. 초조하거나 성급하면 일을 망치게 된다. 좋아하는 일로 밥벌이를 하는 사람은 생각보다 많지 않다. 잘하는 일과 좋아하는 일을 혼동하지 않고 내가 잘하는 일로 밥벌이를 하는 게 맞다. 대신 좋아하는 일을 놓지 말고 가늘고 길게 할 때 수익과 연결할 수 있다.

내 경우에 생업에 허덕일 때 종잡을 수 없는 마음을 붙잡는 방법은 여행과 영화 관람, 독서였다. 쏘다니기 좋아해서 여기저기 다녔는데, 특히 일이 힘들어서 그만두고 싶을 때마다 다른 나라로 달아났다. 잠깐이지만 여행은 숨이 턱까지 차오른 영혼에 공급하는 산소였다. 달아날 이유는 넘쳐서 주기적으로 여행을 다녔고, 30년 가까이 1년에 한두 번은 다른 나라에 다녀왔다.

홍미롭거나 궁금한 것이 있으면 책에서 찾았다. 천성적으로 의심이 많아서 사람들의 말을 잘 믿지 않고 책에서 읽은 구체적 정보를 신뢰하는 편이다. 체계 없는 독서는 한심했지만 책 사 모으기를 끊을 수 없었다. 한 인터넷 서점에서 '골드' 레벨을 꽤 오랫동안 유지하고 보람도 느꼈다. 물론 지금은 생각이 달라졌지만 말이다. 아무튼 다른 데 지출을 아끼고 여행과 독서에 돈을 썼다. 좋아하는 일에는 돈을 써도 도파민이 솟구친다. 오로지 즐거움을 위해서 오랫동안 돈을 쓴 셈이다. 돈 쓰는 게 아깝다면, 좋아하는 일이 아니니 다시 찾아보는 게 좋다.

2020년 코로나19 발발로 자의 반 타의 반으로 백수가 되었다. 새로운 일을 찾는 것이 급했다. 오십이 넘어서도 진로 고민이 끝나지 않아서 머리를 벽에 박고 싶었다. 내 보호자는 나이므로 혼자 오롯이 헤쳐 나가야 했다. 돌아보면 즉흥적이고, 일관성 없이 살았다. 불문학을 전공하고 영화를 짝사랑해서 영화학을 공부했지만, 생계는 전공과 관련 없었다. 그중에서 유일하게 지속했던 것은 여행과 글쓰기였다. 여기저기 기웃거리면서도 여행과 글쓰기만은 손에서 놓지 않았다. 상황이 다급해지자 여행 글쓰기 강의 계획서를 작성해서 한 공공기관에 무턱대고 지원했다. 다행히 운이 따랐고 그렇게 글쓰기 강의에 첫발을 내딛게 되었다. 그 후 여행 에세이 책을 썼고, 여행 글쓰기만이 아니라 일상 글쓰기 강의로 확장하고 책을 쓰고 있다. 일의 범위를 넓히는 과정에서 내가 할 수 있는 한 충실하고 책임감 있는 사람이 되려고 한다. 억세게 운이 없거나 억세게 운이 좋은 것이 아니라 보통의 운만 따르면 나를 돌보는 데 필요한 것쯤은 충분히 구할 수 있을 거라고 최면을 걸고 있다.

나는 1만 시간의 법칙을 믿는다. 1만 시간은 하루에 3시간씩 10년, 하루에 10시간씩 3년이다. 1만 시간을 쏟아부으면 자신도 모르는 사이에 한 분야에서 전문가로 불리게 된다. 처음부터 전문가는 없다. 누구나 시작할 때는 초보자다. 1만 시간을 버티며 채운 사람이 전문가로 남는다.

영화 〈자산어보〉를 만든 이준익 감독은 '버티기'의 아이콘이다. 이준익 감독이 이름을 알린 영화는 2005년에 개봉한 〈왕의 남자〉였다. 이 영화는 천만 관객 흥행을 달성했다. 저예산으로 제

작된 영화가 흥행에 성공하자 여기저기서 그의 인터뷰를 읽을 수 있었다. 그중 아직도 기억에 남는 인터뷰가 있다. 정확하지 않지만 대략 다음과 같은 내용이었다. 영화판에서 영화가 흥행할지 말지는 뚜껑을 열어 봐야 알지만, 한 가지 분명한 것은 버티는 사람이 언젠가 흥행 영화를 만든다는 것이다. 그는 촬영은 촬영 감독이 제일 잘 알고, 조명은 조명 감독이 제일 잘 안다고 생각해 각 분야 감독들의 결정에 따른다고 했다. 그는 그저 모든 작업을 조율하고 균형을 맞출 뿐이며, 영화 예산을 맞추는 데 최선을 다한다고 했다. 마치 회사에 다니는 특징 없는 만년 과장의 입에서 나올 법한 말이었다.

그는 영화를 예술로 보려는 욕심이 없어 보였다. 지금껏 봐 온 많은 영화감독은 예술가로서의 정체성을 뗄 수 없었다. 이준익 감독은 달랐다. 영화감독을 하나의 직업으로 보는 직업인의 자세였다. 대박 흥행 감독도 아니고 예술적 완성도에도 욕심부리지 않지만, 그는 여전히 영화를 만든다. 그것도 부지런히. 한두 편 개봉 후 기억 속으로 사라진 감독이 아니라 우리 앞에 꾸준히 영화를 들고 나타나는 감독이다. 계속 영화를 만드는 감독이야말로 예술가가 아닐까?

나 테크는 자신을 지속적으로 부양하기 위한 일종의 보험이다. 나에게 투자하는 방법은 힘을 빼고 좋아하는 일에 꾸준히 시간과 돈을 쓰는 것이다. 씨앗을 심어야 꽃이 핀다. 투자 없이는 싹도 나지 않고 꽃도 피지 않는다.

비혼 인생에 기댈 곳은 근테크뿐

나는 부실한 뼈와 근육, 인대 삼단 콤보를 가지고 이 땅에 태어났다. 건물 입구에 있는 무거운 유리문을 밀 때 손목 각도가 조금만 빗나가도 손목 인대가 늘어나서 부어올라 침을 맞는다. 스마트폰을 터치할 때도, 노트북 키보드를 두드릴 때도 손가락이 찌릿찌릿하며 전기가 흐르는 것처럼 아프다. 스파게티를 만들 때 움푹한 프라이팬을 한 손으로 들면 손목이 팔에서 독립할 것 같은 기분이 들어 조마조마하다. 이런 불편은 안 겪어 보면 잘 모른다.

척추 기립근 통증으로 2년쯤 고생한 적도 있다. 서울에서 유명하다는 한방 병원과 정형외과를 다 돌았지만 침을 맞든 시술을 받든 그때뿐이었다. 병원은 누가 봐도 아픈 사람, 증상이 명확한 사람에게나 도움이 되는 곳이다. 병명을 명확하게 진단할 수 없는 통증에 시달리며 비정상적 퇴행을 겪는 사람이 얻을 수 있는 것은 별로 없었다. 나는 그냥 통증에 '예민한' 환자였다. 자잘한 불편을 계속 겪으면서 탈출 방법은 '근테크'뿐이라는 결론에 이르렀다. 여러 병원 쇼핑을 한 후 통증에 관련된 책을 몇 권 찾아 읽고 내린 결론이다.

"여자 인생, 기댈 곳은 내 척추 기립근뿐!" 어느 날 한 인터넷 서점에서 받은 문자 메시지다. 강렬한 진리가 담긴 문장을 보는 순간, 웃음이 터졌다. 공감 누르기가 있다면 백만 개라도 누르고 싶었다. 찬찬히 보니 운동 코치 두 사람이 쓴 《떼인 근력 찾아드립니다》란 책 홍보였다. 나는 이 말을 '비혼 인생, 기댈 곳은 내 척추 기립근뿐!'으로 바꾸고 싶다.

오십이 넘으면 이전과 다른 몸의 속삭임에 깜짝 놀란다. 완경 이행기에는 몸이 여기저기서 아우성친다. 매일 오르내리던 계단에서 무릎이 느닷없이 '나 여기 있어요' 한다. 발에 힘을 줄 때마다 찌릿찌릿해서 무릎뼈의 존재를 문득 의식하게 된다. 한 번도 경험한 적 없는 이 불쾌한 신호가 무슨 의미인지 알아내려고 계단을 오르내릴 때 무릎에 신경을 집중했다. 결국 몸이 보내는 암호를 풀려고 병원에 갔다. "퇴행이 약간 있지만 걱정할 정도는 아닙니다." 병원에 일부러 찾아간 시간이 아까운 말이었다. 현대 의학으로 설명할 수 없는 몸의 미묘한 변화는 호르몬 탓이었다. 호르몬 변화는 성별에 상관없이 모두 겪는다. 나이는 숫자에 불과하다고 말하지만 몸이 '넌 이제 어쩔 수 없는 중년이야'라고 보내는 신호에 의기소침해졌다.

통증으로 병원을 전전한 적이 있는 터라 척추 기립근뿐 아니라 근육의 소중함을 뼛속까지 새겼다. 원래 없던 것을 얻으려면 땀을 흘려야 한다. 근육도 예외는 아니다. 수년 동안 요가, 필라테스, 트레킹 등을 거쳐 일상에 유용한 잔근육을 얻어 그럭저럭 살고 있다. 근육 통증 탓에 정형외과에 가는 일이 줄었다. 땀 흘리는 것은 질색이지만 땀을 쏙 빼고 나면 몸이 가뿐해지는 것을 부정할 수 없다. 붓기로 통통했던 다리도 얄상해지고, 통통 부은 발에 주름도 다시 생긴다.

자신을 끝까지 책임지려면 돈과 친구만 필요한 게 아니다. 갖춰야 할 첫 번째 필수품은 일상 근육이다. 교통사고는 근육의 소중함을 새록새록 새겨 주었다. 사고로 두 발을 수술하고 깁스를 푼 후에도 3개월 넘게 제대로 걷지 못했다. 계단도 못 내려갔고, 건널목 보행 신호가 짧게 느껴질 정도로 걸음이 느려졌다. 강남대로 한복판에 있는 건널목을 건너는데 파란불이 빨간불로 바뀌었다. 미처 다 못 건넜는데 차들이 달리기 시작했다. 길을 건너는 평범한 일이 대단한 일이 되어 버린 시간은 끔찍했다. 수명이 다한 AI가 된 기분이 들어서 우울의 담요를 뒤집어쓰고 지냈다. 버스나 지하철 등 대중교통을 타고 내리는 단순한 행동조차 얼마나 대단한 일인지 새삼스러웠다.

달갑지 않은 우울의 담요를 언제까지 뒤집어쓰고 있을 수는 없었다. 나만의 돌파구를 만들기로 했다. 근육이 필요하니 근육을 만들 수밖에. 틈나면 둘레길을 천천히 걸었다. 차츰차츰 활동 영역을 넓혀서 야트막한 산에 올랐다. 이제 걷기 운동 6년 차로 접어들었다. 두 다리는 교통사고 전보다 오히려 튼튼해졌고 통증도 줄었다. 덤으로 아름다운 풍경 속으로 뛰어드는 즐거움도 알게 되었다. 울창한 숲이 내뿜는 피톤치드는 천연 진통제이자 항우울제다. 자연과 더불어 걷는 것만으로 시끄러운 속도 고요해지고 욕심도 내려놓게 된다. 비록 잠깐이더라도 말이다.

혼자 늙어갈 예정이라면 더욱더 근육 적립에 소홀하면 안 된다. 일상에서 근육 적금은 아무리 강조해도 지나치지 않다. 내 몸을 지탱하는 일상을 꾸릴 수 있어야 타인의 돌봄에서도 해방될 수 있다. 근육 알부자로 거듭나려면 근테크는 계속되어야 한다.

백세 시대, 딴짓의 쓸모

근거 없는 자신감으로 가득 찼던 이십 대가 끝날 무렵이었다. 서른은 진짜 어른의 세계처럼 보였다. 나이 앞자리 숫자가 3으로 바뀌는 무게에 맞게 가슴에 혼돈의 바람이 훅 불었다. 지금 생각하면 새로운 것을 시도하기에 '딱 좋은' 나이인데 말이다.

화장실 갔다 오기 전과 후가 다르듯이 취업 전과 후도 180도 달랐다. 취업 전의 초조함은 사라졌지만 대신 결이 다른 초조함이 들이닥쳤다. 이대로 살다가는 내가 없어지고 땅으로 꺼질 것만 같았다. 무엇을 원하는지 정확히 모른 채 삼십 대에는 막연히 '다른' 나, '더 근사한' 나를 꿈꿨다. 구체적 계획을 세우거나 큰 그림을 그릴 줄 모른 채 다른 곳으로 달아날 궁리만 했다.

A는 자신은 간장 종지로 태어났으니 간장 종지 몫만큼 살아가는 수밖에 없다고 말했다. 자신의 용량을 정확히 알고 순응하는 A가 부러웠다. 나는 내 깜냥을 모른 체하고 달아나곤 했다. 삼십 대에는 영화로 도피했다. 시작 동기는 단순했다. 십 대 때부터 영화를 짝사랑했던 터라 영화 언저리에 자리 잡고 싶었다.

내가 아는 방법은 진학이었다. 영화과 대학원에 갔다. 영화 이론을 다루는 공부는 말 그대로 학문을 닦는 것이었다. 게다가 학교 내 위계는 촘촘해서 물 한 방울 새지 않을 정도였다. 학문은 학자로 살아갈 준비가 된 사람에게나 다정하다. 나처럼 학문을 도구로 보는 사람에게는 혹독했다. 단순히 영화가 좋아서 영화 이론을 공부하는 것은 손흥민 축구 선수가 좋아서 축구화를 신고, 잔디밭에서 축구를 하겠다고 나서는 것과 비슷했다. 관객으로 축구광이 되는 것과 필드에서 선수로 뛰는 것 사이에는 깊은 틈이 있었다.

영화제도 기웃거렸으나 내 자리가 아니었다. 시나리오 작법에도 발을 담갔지만 나의 부족함만 도드라졌다. 시나리오를 비롯한 모든 창작의 핵심은 스토리텔링이다. 평범한 것에서부터 발상을 전환하는 예리함이 요구될 때 나는 무딘 펜처럼 굴었다. 노력이 보상받는 해피 엔딩은 드라마나 영화에서나 일어나는 등식이다. 땀이 보상받는 가슴 뭉클한 감동 드라마에 우리는 약하다. 하지만 현실에서 적당한 노력은 허튼짓으로 끝나곤 한다. 신발을 고쳐 신고 슬그머니 현실에서 뒷걸음질 칠 준비를 했다.

영화는 관객의 지위일 때 최고로 재밌다. 관객은 영화를 가장 순수하게 즐길 수 있기 때문이다. 당연하지만 대학원은 공부 좋아하는 사람을 환대했다. 이 간단한 사실을 3년이나 걸쳐 알아낸 후 생업으로 돌아왔다. 인정하고 싶지 않지만 좋아하는 일과 잘하는 일은 달랐다. 잘하는 일은 노력 대비 보상이 후하다. 노력보다 성과가 더 좋을 때가 종종 있다. 하지만 모든 밥벌이의 공통점은 단조롭고 지루하고 지겹다는 것이다. 독창성이 필요한 일일지라도 말이다.

그럼에도 밥벌이의 지겨움에서 나올 구멍이 필요했다. 나는 시나리오를 쓰고 싶었지만 쓸 수 없었다. 자본주의 사회에서 노동의 대가를 받는 노동자로 살면 대가를 받는 일에 시간을 더 쏟을 수밖에 없다. 때로는 나도 모르게 나의 가치를 인정받으려고 영혼까지 바친다. 어느새 좋아하는 일은 우선순위에서 점점 밀려 희미해졌다. 정신 차리면 좋아하는 일에 대한 열정은 흔적도 없이 사라져 열정으로 충만했던 나를 그리워하고 있었다.

지나고 나면 앞으로 나가지 못하고 주저앉은 경험조차도 약이 될 때가 있다. 무조건 뛰어들어 열정을 불태우라고들 하지만 긴 호흡으로 보면 폭발적 열정이 좋기만 한 건 아니다. 열정은 활활 타는 센 불이어서 동력을 계속 공급하지 않으면 곧 사그라든다. 처음에 타오른 불의 크기만큼 계속 유지하기 어렵다.

때로는 꺼질 듯 희미한 불씨가 뒷심을 발휘하기도 한다. 가슴 한편에 품은 희미한 불씨는 마른 장작더미를 만나면 활활 타오르는 저력이 있다. 좋아하지만 안 되는 일에 물불 안 가리고 온몸을 던지지 말고, 가는 끈을 놓지 않는 것이 가장 좋은 해결책일 수도 있다. 내 몫의 책임을 다하며 결과에 집착하지 않되, 시간과 수입의 일부를 바치면서 곁에 두는 것이다. 칸트의 가르침대로 즐거움을 위한 즐거움을 추구하는 대상으로 놓아둔다.

좋아하는 딴짓에는 돈과 시간을 써도 하나도 아깝지 않다. 좋아하는 가수 콘서트에 수십만 원을 지출하고도 공연장에 가면 세포가 하나하나 깨어나서 숨을 쉰다. 여행에 한 달 치 수입을 바쳐도 헤벌쭉 입이 벌어지고 설레기만 한다. 돌아와 남은 건 빨랫감과 카드값, 쓸데없는 기념품 몇 개가 전부이지만 말이다. 이유가 무엇일까? '기분이 좋아서'다. 기분 좋음은 밥벌이가 아닌데도 지속할 수 있는 동기다. 기분 좋은 일을 질리지 않고 계속하는 법은 업으로 삼지 않는 것이다.

스토리텔링에 젬병이라 글로 밥벌이할 재능이 없는 것을 받아들이고 취미로 곁에 두기로 작정했다. 블로그에 기록을 남기기 시작했다. 순수하게 내 만족을 위해 썼다. 마감도 없으니 내킬 때만 썼고, 사람들 마음에 들어야 할 이유도 없었다. 책을 읽거나 좋은 영화를 보고 나면 쓰고 싶은 마음이 스멀스멀 올라왔다. 업으로 삼고 싶었을 때는 빈 페이지에서 깜빡이는 커서만 보면 머릿속이 하얗게 되었는데 취미로 삼으니 달랐다. 할 말이 넘쳐서 커서는 빠르게 움직이며 비어 있던 페이지를 금세 빼곡하게 채웠다. 글쓰기의 즐거움은 쓰는 데 있다. 읽히는 것은 나중 일이다.

하나의 문이 닫히면 다른 문이 열린다고 했다. 나는 이 말을 조금 바꾸고 싶다. 하나의 문을 닫지 않으면 다른 문은 눈에 들어오지 않는다. 코로나 탓에 자의 반 타의 반으로 오랫동안 해 왔던

영어 강의에서 손을 털었다. 그제야 다른 문이 보였다. 그 문을 냉큼 열어젖힐 수 있었던 힘은 딴짓에 있었다. 대가가 없었지만 좋아서 가늘고 길게 했던 글쓰기였다. 글쓰기 강의를 시작했고 책을 쓰게 되었다. 막연히 꿈꾸었던 일을 접어 두고 가늘고 길게 했던 딴짓이 절박한 순간에 업으로 바뀌었다.

계획 따위는 잘 세우지 않는다. 계획을 세운다고 인생이 계획대로 흘러가지도 않으니. 하지만 한 가지만은 확실하다. 영화 보고, 책 읽고, 여행하고, 기록하는 일은 계속할 것이다. 비록 입으로 들어갈 일용할 양식을 주지 않을지라도.

백 세 시대를 사는 슬기로운 자세는 '딴짓'을 하는 것이다. 아드레날린과 도파민을 방출하는 딴짓을 할 때 두 발을 땅에 단단하게 디딜 힘이 생긴다. 나를 나답게 만드는 딴짓을 즐겁게 할 줄 아는 사람은 혼자라도 두렵지 않다. 오늘도 마감에서 자유로운, 쓰고 싶은 글을 쓰며 보람차게 보낼 것이다.

내 가치를 인정해 주는 존재 만들기

《월든》을 쓴 헨리 데이비드 소로는 2년 2개월 동안 실험적 삶을 살았다. 월든 호숫가에 오두막을 짓고 노동의 노예가 되기를 거부하며 최소한의 것들로 살았다. 소로는 문명 세계와 단절되어 사는 자연인을 예찬한 게 아니다. 소로는 자본주의가 제공하는 편리함을 부정하는 대신 적당히 이용하면서 노동에 종속된 노예로 살지 않는 법을 실험했다. 소로의 실험적 삶이 기대 수명이 지나치게 긴 '저주'의 시대에 대안적 삶이 될 수 있지 않을까? 노동 능력을 상실하거나 노동을 제공하느라 영혼이 털렸을 때 돌파구를 모색할 수 있지 않을까?

부모님의 반듯했던 어깨가 하루가 다르게 구부정해지고 작아지는 것을 보며 내 나이를 실감한다. 팔순이 넘은 부모님은 같이 뉴스를 보고도 온전히 이해 못 하셔서 내가 다시 설명해 드릴 때가 있다. 부모님은 인지력은 쇠락했지만 감사하게도 신체적으로 정신적으로 건강하시다. 내가 팔순이 넘었을 때를 그려 본다. 내 세대는 100세까지 거뜬히 살 것 같다. 백세 시대가 펼쳐져 슬프다. 노동 능력은 있는데 노동 시장에서 배제되면 정신적 소외를 겪는다. 나는 일찌감치 정신적 소외를 맛본 적이 있다.

서른대여섯 살에 영화가 좋아서 시나리오를 쓰겠다는 날것의 야심을 품었다. 영화 관련 정규 교육이라곤 받은 적이 없는 프랑스 영화감독 뤽 베송은 영화사에서 청소부터 시작했다. 그는 '영화 아니면 아무것도 없어' 하는 결심으로 영화판에 뛰어들었다고 했다. 그의 이야기에 감명받았다. 나의 모방 동기는 단순해서 '나도 영화에 모든 것을 걸겠어' 결심했다. 그러고는 1년 동안 시나리오를 습작하며 공모전을 준비했다. 이때 가장 견디기 힘들었던 것은 경제적 어려움이 아니라 '삶에서의 소외감'이었다.

하루는 지인을 만났다.

"시나리오를 쓰고 있어."

"그래서 그다음에 뭐 할 건데?"

지인의 눈에 나는 아무 계획 없는 백수였다. 시나리오를 쓴다고 분명히 말했고 나름 꼼지락거리고 있었지만, 눈에 보이는 즉각적 결과나 보상이 없었다. 나는 좌절했다. 타인의 인정이든 경제적 대가든 외부의 보상 없이 가치를 만드는 데 나는 익숙하지 않았다. 경제 활동에서 자발적 거리 두기를 했지만 매일 밤 불안을 덧댄 이불을 덮고 잤다.

나는 노동 시장에서 자발적 격리자였지만, 소로처럼 주체적 철학을 가지고 실천하는 인물이 아니었다. 오히려 노동 시장에서 윗자리를 차지하는 상상을 하며 시나리오 작가 명함을 꿈꿨다. 시나리오는 멀리 뛰기의 디딤판이었다. 보상 없는 삶이 장기전이 되어 평생 습작생으로 끝날지도 모른다는 두려움에 사로잡혀 시나리오 습작이 점점 힘들어졌다. 나의 가치를 발산할 수 있는 일이 필요했다.

일이 나에게 무슨 의미인지 곰곰이 생각했다. 일은 단순히 돈을 버는 수단이 아니라 나의 쓸모를 인정받는 채널이었다. 자본주의 사회에서 노동의 대가는 블링블링한 소비재에 대한 구매력을 갖추는 것이 아니라 나의 쓸모에 대한 인정이었다. 나는 '쓸모'

라는 관점에서 해방될 수 없는 사람이었다.

　일은 나에게 돈, 인간관계, 정신적 가치 등이 마구잡이로 섞인 무언가였다. 그렇다고 해도 태생이 빈둥거리는 기질 덕분에 일이 전부라고 여기는 망상에 빠지지는 않았다. 다만 나는 '적당히' 일 해야 안정감을 찾는 사람이었고, 지금도 이 사실은 변함없다. 소로의 월든이 노동에 종속된 노예에서 해방되는 자급자족이었다면 나의 월든은 나의 일부인 일이었다. 관점은 조금 다르지만 '적당히'란 교점이 있다. 중년 비혼으로 살면서 소로의 철학인 '적게 일하고 적게 소비하는 삶'은 반드시 익혀야 하는 기술이다.

　독립 잡지를 만들 때 파이어족의 선구자쯤 되는 사람을 만난 적이 있다. 경제적 자립, 조기 퇴직(Financial Independence & Retire Early)이라는 '파이어'가 유행하기 전이었다. 파이어족은 언제나 있었지만 지금처럼 널리 주목받지 못했을 뿐이다. 엄밀히 말하면 그는 파이어족보다 소로가 제시한 대안적 삶을 사는 것에 가까웠다. '적게 일하고 빈둥거리기.' 나는 빈둥거린다는 말에 끌렸다. 빈둥거리기라면 나도 어디 가서 지지 않을 자신이 있다. 그는 곧 재개발로 사라질 왕십리 뒷골목 깊숙한 곳에 '월든'을 꾸렸다.

그는 서울 H 공대 출신이었다. 기업에 취업할 마음이 없던 터라 졸업에서 의미를 찾지 못했지만, 부모님에게 등 떠밀려 졸업했다고 했다. 대기업이나 공기업의 속도는 자신의 속도와 안 맞는 것을 일찌감치 발견했다. 그는 몸으로 하는 일은 익숙해지면 시간이 단축되어 일을 빨리 끝낼 수 있는 장점이 있다면서 식당 청소처럼 몸을 쓰는 일이 좋다고 했다. 낮에는 또래들과 책을 읽거나 산책하거나 글을 쓰거나 밥을 먹는 여러 가지 공동체 활동을 느슨하게 했다. 두세 시간 노동으로 생계를 꾸리는 실험 중이었다. 밥을 해 먹는 일에서 어머니가 했던 가사 노동의 가치를 발견하기도 했다. 그는 자발적으로 물리적 궁색함과 심리적 여유를 선택했다. 그의 선택은 나쁘지 않아 보였다. 아니 오히려 운이 좋아 보였다. 자신이 원하는 방향과 속도를 일찌감치 알아냈으니까. 시골이 아니라 서울 한복판에 '월든'을 만든 지혜가 부러웠다.

그는 모두가 달려드는 정규직의 안락과 안정감을 여유와 바꾸었다. 직업적 성취에 대한 갈망도 없고 거창한 꿈은 더욱 없기에 젊음을 낭비하는 것으로 비칠 수도 있다. 하지만 내 눈에는 자본주의의 노예 신분에서 해방되어 오히려 시간을 지배하는 사람처럼 보였다. 삶의 방식을 실험해 볼 여유와 지혜는 어디서 나왔을까? 젊음일까? 아니면 통찰일까?

파이어족은 월든 철학과는 출발점이 조금 다르다. 파이어족은 물 들어왔을 때 노를 열심히 저어 돈을 모아 조기 퇴직하고, 연금 받을 때까지 저축한 돈으로 산다. 돈 걱정에서 자유로운 상태를 전제로 하지만 플러스알파가 없다면 소외감을 느껴 다시 노동의 세계로 돌아갈 확률이 높지 않을까?

학부 교양 수업에서 '현대 사회와 여가'라는 과목을 수강한 적이 있다. 30년도 더 된 일이라 지금 생각하면 급진적 강의였다. 근면을 발전과 동일시하던 분위기에서 여가는 게으름, 가난과 맞닿았다. 아직도 기억나는 리포트 과제가 있다. 일을 하지 않고 매달 100만 원 수입이 보장된다면 여가를 어떻게 보낼 것인지에 대한 계획 설계였다.(당시 한 학기 사립 문과 대학 등록금이 80만 원 정도였으니 100만 원은 아주 넉넉한 돈이었다.) 스무 살 무렵에 아는 여가라고는 음주 가무와 동아리 활동으로 갔던 여행 정도여서 '여가 계획'을 쓰느라 끙끙거렸다. 지금 생각하면 경제적 문제의 짐에서 해방되었을 때 삶의 가치를 찾는 방법에 대한 통찰을 기르는 수업이었다. 하지만 당시에는 생계에서 자유로운 것도 상상 못 했고, 경제 활동 이외의 것에서 가치를 찾는 것도 낯설었다.

앞에서 말했듯이 나는 일이 없으면 여가만으로 버티기 힘들다. 건물주여서 매달 쓰고도 남는 임대료가 통장에 들어온다면 어떤 기분일지 모르겠지만, 그럴 일은 없을 테니 나는 내 가치를 인정받는 일이 꼭 필요한 사람이다. 주부의 경우 매일 되풀이하는 가사 노동에 식구들이 고맙다고 말하며 가치를 인정해 준다면 덜 힘들 것이다. 가사 노동은 가족을 위해 꼭 필요하고 가치 있는 일이지만, 사회적 인식이 많이 바뀌었어도 여전히 물리적 보상은 희미하다.

자본주의에서 눈에 보이는 보상은 사회적 인정과 연결되어 있다. 사회적 인정을 안 해 주는 일에 많은 시간과 노동을 바칠 때 어깨가 축 처진다. 이를테면 트레킹 친구들 대부분이 워킹맘이다. 음식을 만들어 식탁에 차리면 가족들은 잘 먹지도 않고 툴툴거리기만 한다고 한다. 반면에 트레킹 친구들은 같은 음식을 먹고 '맛있다, 최고다, 못 하는 게 없다' 등의 칭찬 세례를 퍼붓는다. 음식을 만든 주인공은 어깨가 올라가고 입이 귀에 걸린다. 신이 나서 다음에도 자발적으로 음식을 준비해 온다. 자신의 노동 가치를 알아주고 인정해 주는 사람에게 퍼주고 싶은 마음이 샘솟는 건 다 아는 사실이다.

경제적 보상이 있는 일이든 봉사든 취미든, 무슨 일인지는 중요하지 않다. 파이어족이든 월든을 꾸리는 사람이든, 내가 가치를 두고 피드백을 받고 싶은 일에 땀을 쏟았을 때, 피드백을 줄 수 있는 사람을 곁에 두는 것이 중요하다.

AI 시대에 대처하는 자세

한 달에 한 번 옆 동네 도서관에서 하는 독서 모임에 다닌 적이 있다. 걷기에 조금 먼 거리였지만 아날로그 냄새나는 동네 느낌이 좋아서 걸어 다녔다. 그 동네에는 골목길이 많았다. 골목길은 기웃거리는 맛이 있다. 골목마다 폭도 다르고, 생김새도 달라 골목에도 표정이 있다. 1년도 넘게 다녔지만 나는 지독한 길치라 비슷한 지점에서 헤매곤 했다. 지금이야 길을 잃으면 든든한 지도 앱을 꺼내 들면 되지만, 지도 앱이 없던 시절에는 건물이나 간판으로 길을 외우며 다녔다. 과거로 돌아간 것처럼 나는 고개를 좌우로 돌리며 발이 이끄는 대로 걷다가 길을 종종 잃기도 했다.

하루는 인공 지능을 연구하는 교수 스튜어트 러셀이 쓴《어떻게 인간과 공존하는 인공지능을 만들 것인가》를 함께 읽는 날이었다. 아날로그 향이 스며 있는 동네가 주는 기쁨을 몰아내는 주제였다. 이 책을 추천한 사람이 말했다.

"AI 시대가 펼쳐지는데 너무 몰라서 두려워요. 앞으로 어떻게 살아야 할지 몰라서 좀 알고 싶어요."

"왜 두려우세요?"

"아이들은 우리와 다른 환경에서 살 텐데 그 환경이 어떨지, 바뀐 환경에서는 어떤 직업을 선택해야 살아남을 수 있을지 모르잖아요."

그의 말에서 부모로서 책임감이 묻어났다. 미래에 대한 불안은 자식이 살아갈 미래에 대한 불안이었다. 현재도 AI가 일상에 깊숙이 들어왔지만, 앞으로는 AI 자체가 일상이 될 것이다. 영화나 문학에서 본 것처럼 인공 지능 로봇이 사람의 일자리를 대신하는 것은 물론 정서적 부분에서도 활약할 것이다. 로봇이 친구, 데이트 상대 등이 되었을 때 우리는 행복할까? 완전히 낯선 세상 소리로 들릴 수도 있지만 머지않은 미래에 현실이 될 수도 있다. 나의 고민거리는 이와는 조금 다르다. AI가 펼쳐지는 미래는 내 인지 능력이 쇠퇴하는 시간이다. 다시 말해 AI 사용법을 배워도 따라갈 수 없는 고립을 상상한다.

전 세계가 코로나19의 습격을 받고 비대면 시대를 맞이했다. 나도 예외는 아니었다. 비대면 강의 첫날을 또렷이 기억한다. 데스크톱 모니터 화면에 수강생들의 얼굴이 증명사진을 붙여 놓은 것처럼 나타났다. 그마저도 교안을 띄우면 사라졌다. 수강생의 표정을 볼 수 없는 두 시간 내내 벽을 보고 혼잣말하는 기분이었다. 강의 내용이 제대로 전달되고 있는지 번뇌가 휘몰아쳤다. 적응 기간을 거치고 블랙홀에 빨려드는 것 같은 내적 소동을 겪은 후 겨우 비대면 툴에 적응했다. 사람은 환경에 적응하기 마련이라 강의 회차를 거듭할수록 수강생의 표정을 읽지 못해도 익숙해졌다. 그때를 떠올리면 가슴을 쓸어내리게 된다. 필요한 기기 사용법을 배워서 적응할 정도로 인지력이 건재해서 얼마나 다행인지. 이제 마스크를 벗었지만 비대면은 멈출 수 없는 거센 파도다.

한번은 식당에서 주문할 때였다. 테이블마다 키오스크가 있어서 주문을 마친 후 주문이 잘 되었는지 확인하고 싶었다. 직원에게 물었더니 키오스크를 가리키며 말했다.

"주문은 여기서 하시면 됩니다."

"주문했는데 원하는 메뉴로 주문이 잘 되었는지 궁금해서요."

"주문은 여기서 하시면 됩니다."

직원은 내가 원하는 것이 무엇인지 헤아릴 의지가 없어 보였다. 더 요청해도 같은 말을 할 게 뻔했다. 복장 터졌지만 뒤로 물러설 수밖에 없었다. 먼 미래 아니 어쩌면 가까운 미래에 인공 지능 로봇과 함께 살면 물리적 수고는 덜어질 것이다. 하지만 지금보다 사는 게 훨씬 버겁지 않을까? 복장 터지는 다른 고민이 생기지 않을까? 매일 발전하는 기술 속에서 아등바등 적응하며 살 수밖에 없다. 내 인지 능력이 온전할 때 AI 시대가 성큼 온 것이 차라리 잘된 일일지 모른다.

은행 업무나 주식 거래는 스마트폰 앱에서 다 이루어진다. 언제부터인지 동네에 있던 은행 지점들이 문을 닫았고 이제는 ATM만 남아 있다. 언제 마지막으로 은행에 갔는지 기억도 안 난다. 세금도 전자 우편으로 받고 앱에 접속해서 납부한다. 일과 관련된 문서들은 메일과 카톡으로 주고받는다. 물건을 살 때 실물 화폐를 주고받는 것이 거추장스럽다. 가상 세계에서 거의 모든 일상이 이루어진다. 세금 납부 마감 날에 은행에 가서 줄을 섰던 풍경은 더는 찾아볼 수 없다. 모든 영역에 디지털 물결이 밀물처럼 밀려든다. 흐름을 한 번 놓치면 따라가기 버거울 것 같아서 섬뜩하다. 얼리 어댑터는 아닐지라도 AI 소식에 귀를 쫑긋하고 흐름을 놓치지 않겠다고 두 주먹을 꼭 쥔다.

테크놀로지는 편리함과 안락함이 목적이다. 음성 인식을 기반으로 하는 가전제품은 육체적 수고는 분명히 덜어 주지만, 어떤 면에서는 오히려 더 수고스럽다. 가령 물걸레 청소 로봇은 바닥을 닦는 육체노동을 덜어 준다. 대신에 걸리적거리는 물건을 사람이 치워 두어야 한다. 식탁 의자를 뒤로 빼 두고 거실 탁자를 옮겨야 하며, 바닥에 널브러진 물건들을 치워야 제 역할을 하면서 신나게 왔다 갔다 한다.

아무리 똑똑한 AI가 일상의 자질구레한 일을 대신해 줘도 매뉴얼을 숙지하고 조종하는 것은 결국 사람이다. 자율 주행 자동차가 상용화되면 운전을 안 해도 되지만 기기 조작법을 배워야 할 것이다. 직접 운전하는 것은 시각, 청각 등의 감각과 핸들을 조작하는 운동 신경을 쓰는 일이라면 기기 조작은 각종 버튼의 사용법을 '기억'하는 일이다. 기억이라면 점점 자신이 없어지는 일 중 하나인데 말이다.

대화형 챗GPT가 처음 나왔을 때 거의 한 달 가까이 무기력에 빠졌다. 소설이나 에세이까지 쓸 수 있다니 동요하지 않을 수 없었다. '대단한 글을 쓰는 것도 아닌데 내가 글을 써서 뭐 해'라는 생각에 사로잡혔다. 몇 시간씩 걸리는 방대한 자료를 깔끔하게 정리해서 몇 초 만에 결과물을 내놓는 챗GPT가 있는데 말이다. 나와 비슷한 두려움을 가진 직업군이 한동안 챗GPT의 잠재력을 실험하고 그 결과를 쏟아 냈다. 시간이 흐르면서 창의적인 글보다 정보 정리 글에 더 적합한 챗GPT의 한계도 드러났다. 언젠가는 인간의 창의력을 넘어서는 초거인 로봇이 나오겠지만 아직은 아니라는 사실에 안도했다.

내가 살아갈 미래는 다양한 인공 지능 로봇이 쏟아질 세상이다. 창의성을 기반으로 하는 직업군까지 대체할 정도면 나는 죽음 문턱에 서 있지 않을까 하는 낙관론자였다. 지금은 더는 낙관하지 않는다. 고령화 사회에서 돌봄 수요에 대한 해결책이 마치 간병 로봇인 것처럼 말한다. 나도 나중에 간병 로봇에 의지할지도 모르겠다. 하지만 로봇에게 내 몸을 맡기고 숨만 쉬는 게 과연 의미가 있을까? 내 발로 걸어서 가고 싶은 곳에 갈 수 없고, 음식 맛에 일희일비하는 미각이 사라진다면 과연 나는 살아 있는 걸까?

미하일 하네케 감독이 만든 영화 〈아무르〉에서 단정하고 깔끔했던 아내가 중풍에 걸려 남편이 돌보는 이야기가 나온다. 아내가 숟가락 드는 것조차 버거워하자 남편은 매 끼니 밥을 떠먹인다. 노부부는 간병인과 환자의 관계가 되었지만, 돌봄에는 그 이전에 두 사람이 함께 보냈던 시간이 촘촘하게 스며 있다. 남편은 단아하고 명민했던 아내 모습을 기억하는 반려인이다. 간병 로봇과 나 사이에는 함께 보낸 시간을 담은 스토리가 없다. 체온이 없는 간병 로봇은 프로그램대로 움직이는 물리적 돌봄에 그칠 것이다. 대화형 로봇이 환자의 마음을 어루만질 수 있을까? 몸을 자율적으로 움직이지 못한 채 숨만 쉬면서 간병 로봇의 돌봄을 받는 삶은 상상만 해도 디스토피아(dystopia)다.

기력도 총기도 빛이 바래서 로봇 활용법을 못 따라간다고 상상하면 등골이 서늘하다. 체온도 감정도 없는 로봇 앞에서 애원할 일이 없기를 바랄 뿐이다.

Chapter 5

혼자서도 끄떡없는
단단한 일상

사소한 즐거움을 발견하는 기술

자신이 살아온 이야기를 쓰는 워크북 《It's my life 이츠 마이 라이프》의 공동 저자인 한경은 작가가 이끈 비대면 강연에 참여한 적이 있다. 작가는 참석한 사람들에게 '사소한'이란 단어의 정의를 먼저 물었다. 그 후 사소한 일상에서 즐거웠던 일을 떠올리며 목록을 써 보라고 했다. 긴 글을 완성하는 것도 아니고, 내가 겪은 일의 목록을 쓰기만 하면 되는 터라 어렵지 않을 거라고 생각했다. 웬걸, 떠올리는 데 애를 써야 했다. 바로 떠오르는 것은 일과 관련된 성취감이었다. 일에서 얻는 물질적, 심리적 보상도 일상적 즐거움이지만 일단 일과 관련된 부분을 제외했다. 그랬더니 다양한 활동이 아니라 주로 혼자 보내는 고요한 시간 목록이 만들어졌다. 나는 공적인 자아와 아주 사적인 자아로 분리해 사는 것 같았다. 사적 자아가 즐거울 때는 주로 혼자 있을 때였다.

① 영화관에서 좋은 영화를 본 후 여운을 곱씹으며 집으로 천
   천히 걸어가는 시간.
② 햇살 아래서 커피 마시며 멍 때릴 때 바람이 얼굴을 간지럽
   히는 순간.
③ 나뭇잎 사이로 오후 햇살이 살랑이는 오솔길 걷기.
④ 저녁에 맥주 한 잔 마시며 유튜브나 넷플릭스 보다가 웃으
   며 잠들기.
⑤ 침대에서 눈 감고 시체처럼 누워 있는 시간.

목록이 많을수록 내가 어떤 사람인지 이해하는 데 도움이 된
다고 했다. 정적인 사람인지, 동적인 사람인지, 관계 중심인지, 활
동 중심인지, 정서 안정에 중심을 두는지 등을 파악할 수 있다. 평
소 내 일상은 정적이기보다 역동적인 편이라고 생각했다. 지인들
과 만나서 근황 토크하며 밥 먹고, 가까운 산에 올라가거나 트레
킹을 간다. 가끔 전시회, 영화관 등 문화 활동도 적극적으로 한다.
하지만 소소한 즐거움 목록은 나도 몰랐던 사실을 알려 줬다. 의

식 세계에서는 호기심 안테나가 여기저기로 뻗어 있어서 이런저런 활동에 적극적이다. 반면에 무의식 세계의 나는 '무위'에서 평온을 얻는다. 격한 활동이 아니라 혼자 멍 때릴 때 세포 하나하나에 물이 스미듯이 간질간질하다. 이 기분 좋음을 가만히 음미할 때 평온이 솟구친다.

여행 에세이 출간 후 가장 많이 받았던 질문이 있다.
"어느 나라가 가장 좋았어요?"
이 질문을 받으면 속으로 갈팡질팡한다. 사람마다 좋아하는 것이 다르다. 자연을 좋아하는 사람들이 모여서 이야기해도 조금만 들어가면 좋아하는 모습이 다 다르다. 깎아지른 절벽에 정신이 혼미한 사람, 널따랗게 펼쳐진 평원에 매혹되는 사람, 파도가 잔잔한 바다에 끌리는 사람, 파도가 바위에 세차게 부딪혀서 일어난 물보라에 마음을 빼앗기는 사람, 자연의 품에 뛰어들어 액티비티를 적극적으로 즐기는 사람 등등. 그러니 콕 집어서 한 나라, 한 도시가 좋았다고 말하기 어렵다. 내가 좋았던 것은 구체적인 나라나 장소가 아니다. 수많은 도시와 숲길에 다녀왔어도 떠오르는 것은 그곳이 어디인지가 아니라 그때의 분위기다. 바람, 습도,

햇살의 세기가 뒤섞인 날씨에 당시의 기분을 한 스푼 넣은 이미지가 기억에 남는다.

무위에서 찾는 사소한 일상이 주는 아름다움의 근원은 어릴 때로 거슬러 올라간다. 나는 지독한 내향인이었다. 과거형으로 쓰는 이유는 사회생활을 하면서 '외향인 가면'에 익숙해졌기 때문이다. 하기 싫은 일을 하고 앞에 나서야 하는 일이 잦았다. 프리랜서로 살면서는 내가 먼저 다가가서 손을 내밀 때가 많아졌고, 활동 중심으로 관계가 형성되었다. 즐겁지 않아도 싫지만 않으면 그럭저럭 어울릴 수도 있게 됐다. 공적 관계나 사적 관계를 맺고 유지하려면 내향인 기질을 한 움큼 덜어내야 했다. 수줍음과 쭈뼛거림은 사회에 적응하는데 아무래도 이롭지 않았다. 사소한 일상의 아름다움을 적으면서 까마득하게 잊고 있던 '내 본질'을 상기했다. 더불어 중요한 한 가지를 깨달았다. 일상에서 소소한 '활동'이 주는 즐거움은 의외로 정적이었다.

혼자 오래 살다 보면 생일도 잘 안 챙기게 된다. 어느새 나를 위한 기념일은 없고 드라마에서처럼 주인공의 친구 역할만 남는다. 다른 사람 이야기를 들어 주고, 지인들의 기념일을 챙기며 축하해 주는 역할에 머물기 쉽다. 일부러라도 사소한 일을 기념하는 연습이 필요할지 모르겠다. 사소한 환희를 느끼는 근육도 연습을 통해 길러지니까 말이다.

오늘도 썸 타기 위해 나간다

지인 B가 호찌민으로 여행을 다녀와서 말했다.

"데이 투어를 같이 한 사람이 사진을 보내 주겠다고 이메일 주소를 묻는데 너무 귀찮더라. 사진 안 받아도 되는데……."

B의 마음이 전해졌다. 다른 사람의 말에 귀를 기울일 여유가 없다는 말이었다. B만의 일이 아니다. 나이 들면서 새 친구를 사귀는 것이 만만치 않고, 무엇보다 귀찮다. 호감만으로는 우정이 쌓이지 않는다. 다른 일을 하고 다른 곳에 살더라도 '당신을 만나면 즐거워서 계속 만나고 싶어요'라는 메시지를 담아 시간과 에너지를 써야 관계가 살아남는다. 관계에 적극적이고 활달한 사람들은 입 모아 강조한다. '혼자 사는 사람일수록 밖으로 나가서 다른 사람들과 어울려야 해요.'

현실은 어떨까? 내 주변에 있는 비혼 친구들은 새 친구를 사귀는 데 회의적이다. 정서적 교감을 나누기도 전에 피로감부터 토로한다. 곁에 있는 친구들이 한결같으면 더할 나위 없겠지만, 여러 가지 이유로 한 줌의 친구마저 줄어든다. 직장, 결혼, 가족사 등으로 점점 라이프 스타일이 달라진다. 여유를 즐길 수 있는 시간대도 달라지고, 서로 속한 환경도 달라지면서 생각과 바라보는 방향도 변한다.

화창한 날 외톨이처럼 위축되는 대신 활동 중심 공동체와 썸을 타 보기로 했다. '썸'은 관계를 정의하기 모호한 남녀 관계에 쓰는 말이다. 보통 서로 약간의 매력과 호감을 느끼지만 아직 연인 관계가 아닌 애매한 관계를 일컫는다. 다양한 활동을 기반으로 하는 커뮤니티와는 부담 없이 썸을 탈 수 있다. 남녀 사이에서처럼 밀당하느라 쓸데없이 힘들지도 않다.

요즘은 취향과 관심을 기반으로 한 소모임 앱이나 플랫폼이 폭발적으로 늘고 있다. 독서, 자기 계발, 맛집 투어, 여행, 전시회 관람, 글쓰기 등등. 연령대도 다양하다. 2030이 주류지만 4050은 물론이고 심지어 5060을 위한 모임 앱도 눈에 띈다. 모임 앱을 이용하면 관계보다 활동에 중심을 둘 수 있다. 대면 모임이 아니더라도 각자 온라인상에서 활동을 공유하며 내 관심사에 따라 선택적으로 활동한다. 혼자 하기 어려우면 자신의 SNS나 커뮤니티 모임에 인증하는 루틴 만들기에 참여할 수도 있다. 의지가 약해 '함께'의 힘을 빌리는 소소한 활동 인증이다. 온라인에서 정보를 공유하고 때때로 모임이 있으면 가볍게 모였다가 흩어지는 것이 유행이다.

원고를 쓸 때 집중력을 끌어모으려면 바깥 세계로부터 자발적 귀양살이를 한다. 엉덩이가 들썩이는 것을 누르려면 빼꼼 내다볼 창구가 있어야 한다. 이 책을 쓰면서는 싱글 커뮤니티에 들락날락했다. 게시판에는 오늘 하루 뭐 했는지 일상이 올라오기도 하고, 점점 친구가 사라지는 외로움, 연애 고민, 그만두고 싶은 회사 이야기, 이직을 준비하는 힘겨움 등등이 올라온다. 그러면 공감부터 시작해서 각자의 생각과 경험 댓글이 주렁주렁 달린다. 고민 글에는 자신이 알고 있는 해결책을 정성껏 공유한다. 이 커뮤니티는 '싱글'이란 키워드로 모인 사람들이란 것밖에는 공통점이 없다. 한 번도 본 적 없고 어떤 배경, 어떤 직업, 어떤 생각을 하는

지, 하루를 어떻게 보내는지 전혀 모른다. 게시판에 누군가 글을 올리면 정성이 담긴 댓글을 본다. 경험에서 나온 지혜가 담긴 댓글을 보면 닉네임을 한 번 더 보는 정도다. 그런데도 의지가 되어 든든하다. '나 혼자만 그러는 게 아니었어' 하고 위로도 받는다.

개인적 고민에 댓글이 달리고 타인이 공감해 준다고 해서 상황이 극적으로 달라지지 않는다. 결국 상황을 헤쳐 갈 사람은 고민 글을 올린 당사자이고, 힘을 내야 하는 것도 자기 자신이다. 그럼에도 사람들은 왜 불특정 다수를 향해 고민 글을 올리며 위로받고, 그 고민들에 자신이 아는 해결책을 말해 주는 걸까?

특정한 이슈나 이벤트 없이 저녁에 가볍게 맥주 한 잔 마시며 시시콜콜한 수다가 몹시 그리울 때가 있다. 그런 날이면 카톡 친구 목록을 처음부터 끝까지 내리며 수다 상대를 물색한다. 평소에 전화 연락은 용건 있을 때만 하는 편이고, 카톡도 일상을 공유하기보다 약속을 정하기 위해 사용하는 편이다. 유유상종이라고 친구들이나 지인들도 대체로 나와 비슷하다. 친구 목록을 훑어봤지만 한 사람을 콕 집어내기 힘들다. 전화해 볼까 망설이다 그만두기로 한다. 상대가 시답지 않은 수다에 대꾸해 줄 시간적, 심리적 여유가 있는지 알 수 없다. 아무 소득 없이 친구 목록 창을 닫는다.

혼자 감당하기에 버거운 감성이 뚝뚝 떨어지는 날, 익명이나 다름없는 온라인 커뮤니티 게시판만 한 곳이 없다. 흔적을 남기고 싶지 않으면 읽기만 하면 된다. 나처럼 흔적에 민감하지 않은 회원들 덕분에 비슷한 감성과 감정 어디쯤에서 헤매다 툭 내려놓은 마음을 훔쳐 읽곤 한다.

한번은 비대면으로 독서 토론을 하자는 글이 올라와서 참석했다. 일요일 밤 10시, 잠드는 일만 남은 시간이었다. 모임을 주최한 사람은 나처럼 프리랜서였다. 우리는 책 이야기는 멀리 던져두고 혼자 사는 장점이 점점 단점이 되는 것에 대한 이야기를 나누었다. 그는 시간이 흐르면서 점점 같은 환경에서 똑같은 사람들만 만난다고 했다. 문득 갇힌 기분이 들어 와인 동호회에 가입했지만, 새로운 사람들 틈에서 즐거움보다는 불편함을 잔뜩 느꼈다고 한다. 불편함 뒤에는 사람들과 어울리지 못할까 봐 걱정하는 마음이 웅크리고 있었다. 나도 그의 사정과 크게 다르지 않았다. 혼자라서 주변을 의식하지 않고 하고 싶은 것, 만나고 싶은 사람만 만났다. 자아란 녀석이 어느새 몸집이 커져 주변에 울타리를 치고 있는 것은 아닌지 자기반성을 했다.

그의 마음이 오롯이 전해졌다. 나도 아는 두려움이었다. 트레킹 동호회에서 활동한 첫해에 비슷하게 느꼈다. 거의 매주 트레킹 모임에 참여해서 오랜 친구들보다 훨씬 자주 만났지만 개인적으로 연락은 하지 않았다. 트레킹이라는 구체적인 목적으로 모인 사람들은 '열심히 일한 당신, 즐겨라'를 직접 실천하는 데 전투적이었다. 내밀한 이야기는 생략되었고 활동에만 집중되었다. 게다가 다른 집단에서 보기 힘든 절대적 친절이 낯설었다. 알맹이가 빠진 표면적 즐거움처럼 느껴졌고, 자연스럽게 스미지 못한 채 멀뚱멀뚱 바라보았다. 그러면서 두려움이 마음 한구석에 자리 잡았다. 마음의 결과 언어의 온도가 안 맞는 사람들과 자꾸 거리를 두다 나중에 고집 센 노인이 되면 어쩌나 하는 걱정이 몰려왔다. 내가 거리를 두며 바라보았던 이유를 더듬어 보았다. 활동 자체보다는 관계에 대한 호기심이 더 컸기 때문이 아닐까? 활동 중심 모임에서는 관계보다 활동 자체를 추구한다. 모임의 특성에 익숙해지는 데 시간이 걸렸고 다행히 익숙해졌다.

현재 나는 동네 도서관 독서 모임과 트레킹 동호회에 참여 중이다. 동호회에는 다양한 배경, 직업, 기질과 성격을 가진 사람들이 모인다. 독서 모임에서는 혼자 읽기 힘든 두꺼운 벽돌 책이나 내 취향이 아닌 책들을 함께 읽고 의견을 나눈다. 혼자였다면 펼치지 않았을 책을 읽는 느슨한 규칙은 긍정적 자극이다. 다른 사람들의 감상과 의견을 공유함으로써 내가 놓친 부분을 환기해서 유익하다.

트레킹 동호회도 마찬가지다. 나는 섬 트레킹을 좋아한다. 두 발로 걸으며 360도 파노라마 뷰를 생생하게 볼 수 있고, 바다도 보고 숲도 걷는 일석이조다. 물론 좋은 것을 얻으려면 그만큼 정성을 들여야 한다. 섬은 아무리 가까워도 배 시간에 맞춰야 하기 때문에 오고 가는 데 시간이 꽤 걸린다. 혼자라면 귀찮아서 포기하고 입맛만 다셨을 테지만 동호회 친구들 덕분에 오고 가는 수고도 기꺼이 즐긴다. 덤으로 관계의 거리와 배려도 배운다. 친밀하지 않은 타인과 숙식을 같이하면 일상적 습관이 종종 부딪친다. 나도 다른 사람이 보기에 이상한 습관이 있는 사람일 것이다.

스포트라이트는 트레킹에만 맞추고 관계의 조명 스위치는 되도록 끈다. 타인의 습관에 시시비비를 가리는 대신 하루나 이틀쯤 묵묵히 견딘다. 침묵이 배려라고 생각하기 때문이다. 타인을 위한 배려심은 나처럼 혼자 일하고, 혼자 사는 사람에게 부족해지기 쉬운 덕목이다. 숙식을 함께 하면서도 친밀함의 결계가 있어서 내밀한 고민이나 걱정을 꺼내지 않는다. 이 거리가 오히려 편하다.

모든 관계에서 촘촘한 친밀감을 갈망하면 지쳐서 뻗을 것이다. 어떤 관계는 거리감이 있는 대로 충분하다. 일대일의 관계가 아니라 공동체(동호회)와 나의 관계로 보고, 내가 모임에 참석할 때만 생생한 관계로 있어도 좋다. 같은 반이라고 해서 모두와 친하지 않듯이 말이다. 감정 노동은 최소로 하고 혼자 사는 단점을 떼어 내는 방법으로 활동 기반의 공동체와 썸을 타면 어떨까?

호기심 천국의 시민 되기

봉천동에 있는 북카페 '자상한 시간'에서 오스트리아 작가 로베르트 무질이 쓴 총 5권으로 이루어진《특성 없는 남자》읽기 모임을 한 적이 있다. 첫 모임에서 검은 것은 글자요, 흰 것은 종이라는 사실만 또렷하게 인식한 감상을 나누었다. 우리는 성실한 민족의 후예였다. 초인적인 인내심을 발휘해서 마지막 페이지까지 이르렀다. 1권을 읽는 데 일주일 이상 걸렸지만 책장을 덮자 제목 밖에 기억에 남지 않았다. 처음 본 사람들과 난해한 책을 읽는 '고통으로 뭉친 친밀감'이 생겼다. 머릿속에 성능 좋은 지우개를 간직한 사람이 나 혼자가 아니라는 사실에 안도했다. 그리고 궁금했다.

직장에서도 버거운데 퇴근 후에 난해한 책으로 자신을 괴롭히는 이유는 무엇일까? 어째서 인내심의 한계에 도전할까? 문학 전공자도 아니고, 실생활에 도움도 안 되는 책과 왜 씨름할까? 온전한 독서의 즐거움 같은 교과서에나 나오는 말로 설명할 수 있을까? 책을 던져버려도 이상하지 않은데 오히려 정반대였다. 소설에서 언급된 니체의 사상이 궁금해서 유튜브에서 철학 강의를 찾아본 사람, 로베르트 무질 전공자가 쓴 논문을 찾아서 읽은 사람, 그 시대의 정치와 문화를 반영하는 단어를 검색하며 읽는 사람들을 만났다. 이들은 모두 호기심 천국의 시민이었다. '취미는 독서'라는 낡은 태도가 아니라 자발적 탐구로 타인의 인생을 이해하려는 시도였다. 얼핏 보면 이런 지적 욕구는 쓸모없어 보인다. 내년 연봉 협상에 보탬도 안 되고, 일상생활에 필요한 실용적 방법도 배울 수 없다.

쓸모없는 앎에 대한 욕구의 근원은 무엇일까? 호기심이 아닐까? 나와 다르게 사는 사람을 이해하려 애쓰고, 그들의 지혜를 엿보려고 애쓴다. 책은 문제에 대한 해결책을 직접 제시하지 않는다. 대신 앎을 향한 안테나를 펴고 주파수를 맞추도록 이끈다. 상황을 다감하게 보고 세상을 향해 다채로운 모양의 창을 내도록 도와준다. 이는 내면의 힘을 길러 준다. 상사에게 깨져도 옆자리 동료가 괴롭혀도 '나는 나야' 하고 외치는 힘 말이다.

　나를 그럴듯하게 보는 기준은 나이에 따라 변한다. 어릴 때는 사회가 만들어 놓은 틀에서 앞줄에 설 때 내가 꽤 근사한 사람처럼 보인다. 원하는 학교에 입학하고, 좋은 성적으로 졸업하고, 경쟁을 뚫고 취업하고, 연봉이 계속 오르는 등의 과제를 달성했을 때 '마침내 해냈어!' 하며 심장이 팔딱인다.

　일에 젊음을 바친 후 중년이 되어 깨달았다. 일은 평생 내 곁을 지켜 줄 다정한 동반자가 아니다. 자아 성취를 위해 질주했지만 달릴수록 길을 잃었다. 일로 나를 증명할 수 없었다. 매일 정해진 시간에 주어진 일을 해내는 로봇으로 살면서 몸도 마음도 너덜너덜해졌다. 문득 눈에 보이지 않는 창살에 갇힌 것은 아닌지 의심이 들었다. 일이 나의 모든 것이 되면 일상의 감옥에 투옥된 죄수가 된다. 일이 세상을 보는 전부가 되면 위험하다. 일을 잃으면 내 존재 자체가 위협을 받기 때문이다.

　나의 존재를 일 이외의 '기타 등등'으로 증명할 수 있을 때 일상 근육이 단단해진다. 일하는 로봇이라는 사실 자체를 인식하지 못하면 죽을 때까지 행복하게 살지도 모르겠다. 사람은 철저하게 계획된 프로그램에 따라 움직이는 AI가 아니다. 고장 나서 어느 날 멈춰 버리지 않으려면 틀을 깨는 돌파구를 찾는 데 소홀하면 안 된다.

'기타 등등'에서 정신적, 정서적 만족을 얻어야 한다. 다양한 경험은 세상을 다채로운 색으로 바꾼다. 경험은 인생을 반짝거리게 도와줄 원석이다. 모든 경험에는 시간과 비용이 필요하다. 이 둘은 한정된 자원이라 모든 경험을 직접 할 수 없다. 책을 읽거나 영화를 보는 것은 가성비 좋은 간접 경험이다. 나와 다른 방식으로 사는 사람들의 세상으로 들어가는 문이다.

책에는 사실 길이 없다. 책 쓰는 법, 부자가 되는 법, 주식 투자로 성공하는 법 등의 책을 읽어도 책을 쓸 수 없고, 부자가 될 수 없고, 주식으로 성공할 수도 없다. 그러면 책을 왜 읽을까? 생각은 자신의 일상생활 범위와 용량에 맞춰 멈추기 마련이다. 한계를 스스로 정하는 셈이다. 책을 가까이하면 다양한 상황과 사람들을 만난다. 독서는 '앉아서 떠나는 여행'이라는 말도 있다. 다양한 생각에 노출되어 생각이 늙지 않고, 자신만의 기준을 세울 수 있는 내면의 힘이 생긴다. 원래부터 내면이 강한 사람도 있겠지만, 우리 대부분은 바람이 불면 흔들리고 비가 오면 비를 맞아 젖는다. 우리는 혼자 꼿꼿하게 서 있기 힘들고, 다른 사람의 시선에서 완전히 자유로울 수 없다. 내면에 힘이 생기면 타인의 시선에서 조금 자유로워진다. 이 힘은 자신을 돌보며 다독이는 원천이 된다.

우리의 행동반경은 정해져 있어서 비슷한 사람끼리 어울린다. 개인 미디어 시대에 유튜브를 비롯한 SNS에서 다양한 사람을 접하는 것 같은 착각에 빠지지만 우리는 결국 비슷한 배경과 가치관을 가진 사람들로 둘러싸인다. SNS야말로 폐쇄적 통로다. 취향과 관심사 기반의 관계는 오히려 시야를 좁게 할 수 있다.

책은 다르다고 말하고 싶다. 책은 나와 전혀 다른 생각을 가진 인물을 만날 때가 많고 그들은 수수께끼 같다. 그들을 이해하려고 이 궁리 저 궁리한다. 그러다 보면 실제 세상을 이해하는 폭이 확장된다. 책은 명쾌한 길을 제시하는 대신 생각거리와 머뭇거리는 시간을 잔뜩 던져 준다. 의문과 의도적 머뭇거림 덕분에 내 삶을 한 발 뒤로 물러나서 볼 수 있다. 진짜 좋은 점은 인물이 마음에 안 들면 책장을 덮으면 그만이다. 관계를 끊는 방법도 아주 간단하고, 인물들이 섭섭하다고 따지지도 않는다.

간접 경험은 마음만 먹으면 간단하고 들인 비용에 비해 얻는 것이 많다. 그러니 하지 않을 이유가 없다. 호기심만 챙기면 된다. 호기심은 생각을 낳고 생각은 행동으로 이끌며 '나만의 지도'를 그리도록 이끄는 안내자다.

미라클은 지속할 수 있을 때 일어난다

나는 오랫동안 올빼미였다. 과거형으로 쓰는 이유는 3~4년 전부터 아침잠이 놀랄 정도로 줄어서 얼리 버드가 되었기 때문이다. 그전에는 해가 활짝 웃고 있어도 침대가 잡아당길 때 뿌리칠 힘이 없었다. 아침에 몸을 일으키려면 마음속으로 수십 번 나를 설득해야 했다. '자, 이제는 일어나야 하지 않겠니?'

아침잠은 밀어도 꿈쩍도 안 하는 커다란 바위였다. 학창 시절에 1교시 수업은 주로 땡땡이를 쳤다. 어떤 때는 1교시가 끝난 후에 교실에 들어가기도 했다. 종업식 날이면 반 아이들이 개근상을 받고 자리로 돌아오는 것을 부러운 눈으로 보았다.

사회적 시선으로 보면 나는 게으르고 불성실한 학생이었다. 나도 외부 시선을 잣대로 삼았던 터라 내 게으름과 무능을 자책하곤 했다. 얼리 버드를 사회적 성공이나 기적으로 나가는 첫걸음이라고 오랫동안 믿었다. 새벽 기상 다짐과 실패를 주기적으로 반복했다. 그러면서 깨달았다. 새벽 기상은 내 바이오리듬을 거스르는 것이었다. 하루 이틀은 일찍 일어날 수 있지만, 계속 일찍 일어나는 것이야말로 '기적'이었다. 설령 새벽에 일어나더라도 생산적 일은커녕 머릿속이 멍했다. 그저 일찍 일어났다는 사실에 의의를 두었을 뿐이었다. 나에게 새벽 기상은 기적이 될 수 없었다. 새벽 기상의 목적은 하루를 시작하기 전에 여유를 찾고, 집중력이 흐트러지기 전에 필요한 일을 하는 데 있다. 나는 일찍 일어나는 행위 자체에 집중해서 오히려 덫에 걸려 버둥거리는 것 외에는 아무것도 할 수 없는 한 마리 짐승이 되었다. 다른 사람에게 아무리 좋아도 나에게 올가미라면 과감하게 벗어던지는 게 답이다.

기적은 기상 시간으로 이루어지지 않는다. 새벽에 일어나서 나처럼 멍한 상태로 하루를 보낸다면 차라리 잠을 더 자는 게 낫다. 잠이야말로 알찬 하루를 보내는 데 도움이 될 테니까. 그런데 모닝은 어째서 미라클이 되었을까? SNS에서 '미라클 모닝' 해시태그 물결이 넘친다. 달리기 기록, 명상 기록, 요가 기록, 독서 기록,

필사 기록 같은 사진 아래 해시태그에는 일상의 변화를 꾀하는 의지가 담겼다. 사소한 습관은 정말로 기적을 만든다. 단, 조건이 있다. 지속 가능해야 한다.

낙숫물이 바위를 뚫는 기적이 일어나려면 얼마나 많은 세월이 필요한가? 알아주는 이 하나 없어도, 당장 눈에 띄는 변화가 없어도 밤낮으로 낙숫물은 바위에 떨어진다. 낙숫물의 지속성이야말로 기적을 일으키는 열쇠다. 지속할 수 없다면 분위기에 따라 바위에 그냥 물을 찔끔 묻히는 셈이다. 지속성은 '마땅히'에서 출발하면 유지하기 어렵다. '마땅히'는 의무다. 외부의 기준에 맞추려는 노력은 비자발적인 힘이고, 이는 본성을 거스를 때가 많다. 이럴 때 해결책은 의외로 간단하다. '아침'을 버리면 된다. 올빼미가 얼리 버드가 되는 것은 자연의 법칙을 거스르는 것이다. 얼리 버드가 새벽부터 울어 댄다면 올빼미는 어두워져야 능력치가 최대로 올라간다.

우리는 저마다 가진 장점이 다르다. 한 가지 방법에 맞추는 것은 고유한 장점을 무시하는 것이다. 신데렐라 언니들이 유리 구두의 주인이 되고 싶어 발뒤꿈치를 잘라 냈어도 구두 주인이 될 수 없듯이 자신에게 맞는 법을 찾아내서 버릴 때 기적에 다가갈 수 있다.

역사적 위인 중 이런 예는 얼마든지 있다. 고전 소설《죄와 벌》을 읽지 않았더라도 제목이나 작가 이름은 한 번쯤 들어 봤을 것이다. 도스토옙스키의 소설은 인생의 쓴맛을 좀 본 후에 읽으면 폭풍 공감 지점이 있다. 아무튼 도 선생은 대표적 올빼미다. 그는 오후 3시에 일과를 시작했다. 보통 사람들이 하루를 마감할 준비를 앞둔 오후 3시에 일어난다니! 도 선생은 오후 3시에 일어나서 산책 후 저녁을 먹고 쉬다가 오후 9시쯤부터 일을 시작해서 새벽에 잠이 들었다. 물론 전업 작가라 가능한 일상이었지만 말이다. 아침에 출근하는 직장인은 아니었지만, 자신이 만든 시간표대로 규칙적인 하루를 보냈다.

낮에는 생업에 종사하고 퇴근 후에 글을 썼던 작가들도 많다. 《변신》,《소송》 등을 쓴 체코 출신의 작가 프란츠 카프카는 우리로 말하자면 노동고용부에 다녔다. 오전에는 구직 상담하러 오는 사람들을 상대하며 서류 작업에 시달렸다. 오후 2시에 퇴근해서 생계의 무게를 잠으로 끊어 내고, 어둠이 세상을 삼키면 그 품에 안겨 글을 썼다. 짙은 어둠은 집중력을 낳았고, 작품들은 한 세기를 훌쩍 넘어 여전히 생명력을 얻고 있다.

바깥에서 제시한 기준이 동기가 되면 의무로 짠 무거운 갑옷을 입고 시작하는 셈이다. 조금 지나면 갑옷의 무게가 버거워서 벗어 버릴 수밖에 없다. 아침에 고작 20~30분 일찍 일어나는 단순한 일도 못 하는 무능력한 사람이 되어 버린다. 올빼미가 아침에 20~30분 일찍 일어나는 것은 프로메테우스가 인간에게 불을 가져다준 것 같은 커다란 변화다. 그러니 아침에 고작 20분 일찍 일어나기에 실패해서 자신에게 비난을 퍼부을 이유가 없다. 자책 대신 나에게 맞는 방법을 모색할 때 '미라클'을 지속할 수 있다.

번아웃 증후군에 대처하는 법

2020년 임경선 작가가 한 포털에서 오디오 클립으로 '개인주의 인생 상담'을 진행한 적이 있다. 그는 사람들이 고민을 보내면 명쾌하게 정리해서 해결책까지 제시했다. 제목에서 알 수 있듯이 '개인주의'에 방점을 찍는다. 도덕적이거나 사회적 시선을 기반으로 하지 않고 고민하는 개인을 우선시하는 해결책을 제시했다. 일반적으로 말하는 착하고 두루뭉술한 해결책과는 달랐다.

가령 한 고민자는 "남자 친구와 밥을 먹을 때 젓가락질하는 모습이 꼴 보기 싫은데 헤어져야 할까요?"라는 사연을 보냈다. 임경선 작가의 답은 이랬다. "남자 친구가 젓가락질하는 모습을 참을 수 있으면 계속 만나는 거고 참을 수 없으면 헤어져야 합니다. 젓가락질이 문제가 아니라 남자 친구가 싫은 겁니다." 냉장고에서

막 꺼낸 사이다 맛이었다. 우리는 문제의 본질을 알면서도 자꾸 회피하려는 성향이 있다. 자신도 모르게 본질을 부정하면서 부정에 대한 동의를 구하는데 임경선 작가는 콕 집어서 본질을 정리해 줬다.

또 한 고민자는 무기력에 대해 호소했다. 회사에서 퇴근 후 집에 오면 아무것도 하기 싫은데 마음은 초조하다고. 자기 계발을 안 하는 자신이 한심해서 우울하다는 고민이었다. 임경선 작가는 자신만의 방식으로 명쾌하게 정리했다. "퇴근하면 아무것도 하기 싫은 게 정상입니다. 하루 종일 일하고 저녁에 무언가를 하는 사람 별로 없습니다. 저녁에는 아무것도 안 하고 쉬는 게 맞습니다. 그러다 나중에 마음이 조금 바뀌면 가벼운 운동부터 시작해 보세요."

조용하면서도 단호하게 해결책을 제시했다. '그래, 하루 종일 일하고 하긴 뭘 해. 아무것도 안 하고 쉬는 게 맞지!' 무릎을 탁 쳤다. 본캐와 부캐란 말로 퇴근 후에도 끊임없이 자기 계발을 강제하는 사회 분위기에 나도 모르게 휘둘리고 있었다. 아무것도 안 하고 빈둥거리는 시간에 대한 죄책감의 덫에 빠졌으니까. 일 외에는 아무것도 하지 않았지만 그 여유가 마냥 좋지 않았다. '이렇게 게으르게 살아도 되나?' 하는 생각이 슬그머니 고개를 들었다. 타인의 입을 통해서 '아무것도 하지 않는 게 맞다'는 말을 들으니 모세가 지팡이를 들자 바다가 갈라지는 기적을 본 것 같았다.

어떤 일에 몰입하면 내가 가진 능력치를 바닥까지 싹싹 긁어서 퍼낼 때도 있다. 이럴 때 액션 영화 주인공처럼 아드레날린이 솟구친다. 액션 영화에서 주인공은 다치고 피가 철철 흐르는 부상에도 냅다 뛴다. 영화라서 과장도 좀 있겠지만 터무니없는 일은 아니다. 실제로 생명에 위협을 느끼면 아드레날린이 솟구쳐서 다쳐도 통증을 못 느낀다고 한다. 다쳤는데도 피를 흘리며 질주하는 장면은 그러니까 허구가 아니라 사실이다. 인체의 신비이고 사람이 가진 능력은 무한하다.

그러다 추격전이 끝나면 살았다는 안도감과 함께 잊고 있던 통증이 한꺼번에 몰려온다. 어떤 일에 극도로 몰입한 후에는 반드시 공허감이 뒤따른다. 내 능력치를 끌어다 몰입해서 일을 끝마친 후에 무기력이란 녀석을 만난다. 아무것에도 흥미를 느끼지 못하고 아무것도 동기 부여가 안 된다. '이걸 해서 뭐 하나?' 의문을 품는 변덕쟁이가 된다. 이럴 때면 임경선 작가의 조언대로 쉬는 게 먼저다. 바닥 끝까지 몸과 마음을 가라앉게 내버려 두어도 괜찮다. 그다음에 드러누운 마음을 간질간질하게 만드는 일을 찾아도 늦지 않다.

내 능력치를 초과하는 일에 내몰리면 항공권을 지르고는 했다. 몇 개월 후에 떠나는 항공권을 예매하고 여행 계획을 세웠다. 낯선 도시로 가는 계획 자체에 매달렸다. 틈만 나면 구글 지도에서 여기저기 돌아다녔다. 여행 커뮤니티에 들어가서 다른 사람 후기도 읽고, 구글 지도에 깃발을 꽂았다. 떠나려면 몇 개월이나 남아있었지만 항공권을 지르면서 여행은 시작되었다. 여행 자체보다 떠나기를 기다리는 시간 자체가 설렘이었고 강장제였다.

일상을 지탱하려고 주기적으로 나만의 설렘을 계획한다. 설렘에 빠지면 현실과 거리를 둘 수 있다. 하지만 안타깝게도 설렘은 지속되지 않는다. 설렘이 있던 자리에 곧 공허감이 들어선다. 혼자 살수록 몰입과 번아웃이 교차 주기에 익숙해지고, 빠져나올 구멍도 찾아야 한다.

어떤 이는 설렘의 순간을 이렇게 밝혔다. "집에서도 바깥에서도 힘들 때였어요. 그때 운동을 시작했는데 띠동갑 연하인 PT 트레이너에게 푹 빠진 적이 있어요. 헬스장 갈 생각만 하면 설레고 기분이 좋은 거예요. 그러니 얼마나 운동을 열심히 했겠어요. 덕분에 체중 조절도 잘 됐고요."그는 그 순간을 떠올리며 얼굴이 환해졌다.

무기력을 이기는 방법 중 덕질만큼 무해하고 쓸모 있는 것이 있을까? 물론 덕질도 에너지가 있어야 할 수 있지만 말이다. 닭이 먼저인지 달걀이 먼저인지 논쟁처럼 에너지가 없는데 덕질을 할 수 있는가? 반문할 수 있다. 하지만 덕질을 하면 세로토닌이 분명히 솟는다. 덕질의 힘은 생각보다 세다. 덕질의 대상이 꼭 눈에 띄는 바깥 활동에만 한정되진 않는다. 셀렘이나 덕질의 대상은 다른 사람은 이해할 수 없는 것일수록 옳다.

우리는 사람들에게 늘 둘러싸여 있지만 혼자 있을 때 본성이 가장 잘 나타난다. 가끔은 다른 사람이 이해할 수 없는 미친 사람이 되어 보는 것도 괜찮다. 거친 일상을 버티는 데 피가 되고 살이 될 테니 말이다.

결혼이 기준이 아닌 세상을 꿈꾸며

태생이 근육 부실자인 사람은 운명이 정해져 있다. 운동만이 살 길이다. 정답을 알아도 자발적으로 운동하러 나서기 쉽지 않다. 현관문을 넘기 전에 어수선한 내적 갈등에 빠진다. '오늘은 쉬고 내일부터 나갈까?' 게으름이 연약한 의지를 이길 때가 더 많다. 가까이 사는 운동 메이트가 절실했다.

동네에 사는 지인 두어 명에게 시간 날 때 같이 걷자고 먼저 청했다. 걷기의 효용성에 모두 대찬성했지만, 입을 모아 당장 실행할 수 없는 이유를 말했다. 다음 달부터 걷자, 저녁에는 안 된다, 주말에는 안 된다 등 계획을 반기는 것과 실천은 별개였다. 라이프 스타일도 다르고 하루 사이클도 달랐다. 모두 일하는 아내이자 엄마여서 서로 시간을 맞추기 힘들었다.

생산적인 운동 약속이 주인을 만나지 못한 백지 수표가 되어 버렸을 때 TV에서 한 토크쇼를 보았다. MZ세대들이 자만추(자연스러운 만남 추구)를 중고 물품 거래 앱에서도 한다는 말을 들었다. 물건만 사고파는 게 아니라 사람도 만난다고? 신박했다. 냉큼 앱에 접속에서 동네 생활 카테고리를 살폈더니 이미 많은 모임이 있었다. 바로 모임을 만들었다. 같이 걸을 동네 친구가 생기면 좋겠고, 다른 꿍꿍이도 있었다. 모임 가입 조건을 내걸었다. '4050 비혼 여성 걷기'로. 동네 비혼 여성이 운동하면서 '느슨한 연대'를 쌓을 수 있을지 문을 두드려 보고 싶었다. 각자 살되 만나서 운동하고, 밥도 같이 먹고, 가끔 여행도 같이 가고, 필요할 때 도움을 주는 느슨한 친밀감으로 연결된 커뮤니티가 가능할지 궁금했다.

대략 한 달 만에 서른 명쯤이 모임에 가입했다. 서른 명이 가입했다고 서른 명이 모두 활동하는 것은 아니다. 모든 모임이 그렇듯 유령 회원이 절반이었다. 5개월 동안 거의 매주 일요일 오후에 동네 뒷산이나 가까운 한강 공원을 걸었지만, 한 번이라도 참여한 사람은 절반 정도였다. 그래도 신기했다. 동네 어딘가에 나 말고 많은 비혼 여성이 잘 살고 있는 것을 알게 되었으니까. 소수자로서 자기 자리에서 소리 없이 잘 살고 있는 사람을 만나서 신이 났다. 세상을 향해 자기 목소리를 우렁차게 내는 셀럽이 아니라 나처럼 무채색 외투를 입은 은둔자들이 존재하는 것만으로도 조용한 위안이었다. 모두 외로움을 다룰 줄 알고 자신에 대해 잘 알고 있었다. 혼자 있는 시간이 익숙하고 편한 이들과 함께 걷는 시간은 새벽녘 물안개 낀 호숫가 공기처럼 촉촉했다.

동네 4050 비혼 여성은 다 모였는지 서른 명에서 회원 수가 정체되었다. 그러자 생각지 못한 일이 일어났다. 중고 거래 앱 특성상 이름도 얼굴도 직업도 모르는 익명이 어느 정도 보장되는 공간이다. 비혼인지 확인할 방법도 없다. 그래서 한두 문장으로 가입 이유를 받았다. 뜻밖의 답을 받았다.

'결혼했지만 비혼의 마음으로 사는 직장인인데 같이 걷고 싶어서요.'

'저녁 혼자 먹기 싫어서요.'

'돌싱은 가입할 수 없나요?'

그때 깨달았다. 비혼의 정의를 내 상황과 동일시해서 한 번도 결혼한 적이 없는 사람이라고 정의해 버린 것을. 그제야 비혼이란 단어를 곰곰이 생각하기 시작했다. 비혼은 결혼하지 않은 상태가 맞다. 그리고 미혼은 결혼을 전제로 '아직 결혼하지 않은' 상태다. 결혼을 전제로 하는 괄호 속에 숨겨진 단어를 지우려면 비혼이라는 단어가 적절하다고 여겼다. 웬걸. 비혼이란 말이 오히려더 결혼에 밀착되었다. 이혼했거나 사별했어도 모두 비혼이다. 다시 말해 비혼이란 말은 혼인을 기준으로 삼으며 어쩌면 더 촘촘하게 결혼 상태를 구별 짓는지도 모르겠다. 그동안 나는 결혼이껌딱지처럼 기본값으로 착 달라붙어 있는 사회 기류에 동참한 셈이다.

결혼했어도 직장이나 기타 등등의 이유로 부부가 따로 살 수있다. 비혼은 연애 중이거나 동거 중이지만 결혼만 안 한 상태일수 있다. 비혼의 상태를 넓게 정의할 때다. 혼인 상태가 아니고 데이트 상대도 없는 상태를 비혼으로 불러야 할까? 결혼 안 한 상태를 밝히는 것이 중요할까? 개인의 삶에서 결혼 개념을 떼어 낼 수는 없을까? 결혼이 하나의 선택지라면 구별 짓는 언어를 버릴 수는 없을까?

1인 가정이 전체 가정의 40퍼센트 가까이 된다고 한다. 사별,이혼, 미혼 등 1인 가정의 가장은 더는 소수자가 아니다. 1인 가정 증가는 젊은 층이 결혼을 안 하기 때문이 아니다. 노인 인구 증가도 1인 가정의 급격한 증가에 한몫한다. 나이 들면 배우자와 사별하고, 자식들은 출가해서 혼자 사는 경우가 늘어난다. 결혼 제도에 묶여 가족을 이루고 함께 사는 기간이 이제는 유한하다. 생애 주기에서 결혼은 이제 더 이상 한 사람의 인생에서 뗄 수 없는 기본값이 아니다.

4인 또는 3인 가족만을 기준으로 삼는 사회 제도가 개선되어야 사용하는 언어도 바뀌고 의식도 바뀔 것이다. 혼인과 혈연만이 가족이 아니라 친구와 생활 동반자를 이루어 사는 2인 가정도 가족이고, 1인의 삶도 일시적이 아니라면 엄연한 완성된 가정이다. 어떤 가정 형태든 법적으로 차별받거나 정서적으로 소외되지 않기를 꿈꾼다. 한때 우리는 모두 학생이었지만 졸업 후에 학생이었던 사실에 집착하지 않듯이 결혼 경험의 유무에 촉을 세우며 분류하지 말고 사는 모습 자체를 보면 좋겠다.

여기저기 써 둔 글 탓에 책을 쓰는 동안 두어 군데서 '중년 비혼 여성으로서 겪는 어려움'에 대한 인터뷰를 요청받았지만 거절했다. 의미 있는 기획 기사라고 생각하지만 중년, 비혼, 여성에 따옴표를 붙이고 어렵고 부정적인 측면만 도드라지게 보일까 봐 내키지 않았다.

이 책은 사회를 이루는 다양한 구성원 중 1인분의 삶을 꾸리며 '잘' 나이 들고 싶은 그냥 '한 사람'의 이야기다. 왜곡 없이 읽히면 좋겠다. 1인분의 삶이라서 부정적이고 어려운 점만 있고, 3~4인 가정이 긍정적이고 단란한 것만도 아니다. 앞에서도 말했듯이 어떤 형태의 삶을 꾸리든 밝은 면과 그늘은 공존하니까.

비혼이 체질입니다

초판인쇄 2023년 10월 16일
초판발행 2023년 10월 16일

지은이 김남금
펴낸이 채종준
펴낸곳 한국학술정보(주)
주　소 경기도 파주시 회동길 230(문발동)
전　화 031-908-3181(대표)
팩　스 031-908-3189
홈페이지 http://ebook.kstudy.com
E-mail 출판사업부 publish@kstudy.com
등　록 제일산-115호(2000. 6. 19)

ISBN　979-11-6983-731-6　03810